Andreas Heßelmann

Schneegestöber
oder nach 1 kommt 3

Eine Art Alpen-Krimi

Bibliografische Information der
Deutschen Nationalbibliothek:
Die Deutsche Nationalbibliothek verzeichnet diese
Publikation in der Deutschen Nationalbibliografie;
detaillierte bibliografische Daten sind im Internet über
http://dnb.dnb.de abrufbar.

TWENTYSIX
Eine Marke der Books on Demand GmbH
Alle Rechte vorbehalten.

© 2021 Andreas Heßelmann
andreas-hesselmann.de

Herstellung und Verlag:
BoD – Books on Demand, Norderstedt

ISBN: 978-3-7407-7222-2

Lektorat und Korrektorat: Brigitte Bausch
Coverfoto: Andreas Heßelmann/photoimpact
Autorenbild: Rainer Simon

*Es braucht den Mut, Altes zu bewahren
und Neuem zu begegnen.*

*Geschichten sind halt dazu da,
erzählt und nicht verschwiegen zu werden.*
(Michaela Staller)

I. Kapitel

„… und natürlich gelten die zwölf Zantimeter für euer gottverdammtes Schwimmparadies ita!" Alois Huber drosch mit hochrotem Kopf seine Faust auf den Tisch. Krüge und Gläser klirrten. „Åb'r wenn i mei Werchstått, und des aus wirtschaftliche Gründ, erweitern muaß, dånn liagt dia plötzlich in der gelben Zone – und i derf's it."

„Mein Gott, Alois, hån di it so …", meinte der Zeiner Franz, „dia wera dir scho no wås anbieten."

„Wås redsch denn du so daher?", giftete Huber gleich zurück. „Dei Stall håsch jå als Bauer ohne Probleme bauen derfa, od'r etwa it? – Ihr Bauern derfts eh ålles."

„Des wår oafåch a åndre Zeit. Iatz daat i's numma."

„Doch deina Viecher steah *iatz* dinna."

„Wenn's zu oam Hochwasser kinnt, muaß i eh wied'r ålles zåhla. Ålles, wås hi isch. Den ganzen Dreck. Den Stadl. Wia 2005."

„Red kei Schmarrn", warf jetzt wieder der Geisler Josef ein, „dr Alois håt recht. Immer gilt nur dem einen das Gesetz. Wenn in tausend Jåhr das någschte Hochwasser kinnt, stirbst weder du noch dei Grampå drin."

„Und wenn doch någschts Jåhr wied'r oans kinnt?"

„Bis dahin kannst åum Zebrastreifen überfåhrn worden od'r vom Haboden åogrumpelt[1] sei."

„Od'r dr Alois."

„Åb'r it vo deim Haboden!", bellte Huber ihn an.

„Woaßt du des?", wendete Geisler belustigt ein.

Im *Einsamen Bären*, an dem unlängst, also vor drei, fünf oder acht Jahren, wie zwei, drei Jahrhunderte namen-

---

[1] heruntergefallen

gebend zuvor, tatsächlich ein einsamer Bär vorbeigestapft war, um dann wenig heldenhaft von einer ganzen Armee Spezialisten und Panikmachern über den Haufen geschossen zu werden, weil angeblich sonst Tausende Kühe und Schafe und nebenbei Hunderte Wanderer um ihr Leben bangen müssten, ging's heute drunter und drüber. Schon seit bald einer Stunde stritt das Quartett am linken Kopfende wie zuvor im Gemeinderat über das Thema der abendlichen Sitzung: das Schwimmparadies in Holzbach. *Die* zukünftige Sensation im Tal für jedermann. Mit Drei-Meter-Brett, Dampfbad, Kinderrutsche, Duschpilz, Sommeraußenbecken und – Massageräumen, über die sich jeder Mann im Tal seine eigenen Gedanken machte. Gebaut auf einem künstlichen Damm. Mitten in der Naturschutzzone, weil es nirgendwo sonst dafür einen Platz gehabt hätte.

Am rechten Ende herrschte indes mehr oder weniger Ruhe. Roggmann, der zuständige Bezirksinspektor aus der Kreisstadt, Bauerfeind, der Pfarrer, Leitner, der Bibliothekar, und Klauber, der Lehrer, hörten entweder zu, grinsten sich einen, weil sie lauschten, oder unterhielten sich entspannt über die restlichen Tagesordnungspunkte, die an diesem Abend zur Debatte standen. Wenn es denn die Lautstärke am anderen Ende zuließ. Sie hatten den ziemlich gelangweilten Räten nach Tagesordnungspunkt eins, Begrüßung, eh nur ihre Jahresberichte den Ort betreffend zum Besten gegeben: Drei Einbrüche und weiß Gott wie viele, zum Teil schwere Unfälle – fast ausnahmslos mit jungen Leuten –, achtzehn Beerdigungen und die neun vor kurzer Zeit entstandenen Urnengräber, fast sechstausend Entleihungen und 250 neue Objekte, nebst neunzehn Erstklässlern aus Holzbach und den Nachbargemeinden, die natürlich allesamt vollkommen schlecht erzogen, lernunwillig und schwer erziehbar waren – wie jedes Jahr. Doch als der Punkt Schwimmparadies zur Sprache kam, reichte in dem Kompositum der Begriffe schon das Bestimmungswort *Paradies*. Bei manchem gingen die Gäule durch, wenn es um die eigene Fantasie bezüglich der Ausgestaltung ging, denn in dem kleinen Sitzungssaal brachen im wahrsten Sinne des Wortes genau dann die Dämme. Und die waren für einen solchen Neubau eigentlich um zwölf Zentimeter zu niedrig.

Paul, der Wirt, schaute schon eine ganze Weile dem mitunter viel zu lauten Treiben zu und überlegte, welchen Beitrag er leisten könnte, um die Gemüter zu beschwichtigen oder zumindest vom Thema abzulenken. Immerhin hatte er noch ein paar andere Gäste und die wollte er nicht vergrätzen. Es war Saison und nach Möglichkeit sollten viele von ihnen morgen wiederkommen. Pro Kopf machte das im Schnitt immerhin fünfzehn Euro. Fürwahr kein schlechter Umsatz in solchen Zeiten! Vor allem, wenn, wie heute, alle Sitzplätze belegt waren. Die Hände an seinem Kittel abputzend, stellte er sich kopfschüttelnd neben den Tisch, hob die Hände, suchte in dem Ramasuri vergeblich nach Worten, um gehört zu werden, kehrte aber unverrichteter Dinge, weil keiner auf ihn achtete, zur Theke zurück und schenkte dort – da ihm nur das einfiel, was schon bei seinem Vater und Großvater immer für eine gewisse Ruhe nach solch aufwühlenden Sitzungen sorgte – für jeden einen Schnaps ein, den er mit einem lauten, knorrigen und keinen Widerspruch duldenden „So, Leit!" vor ihnen auf den Tisch stellte. Dann meinte er:

„Prost und lasst's guat sei! Wås soll's? Das någschte Jåhr isch no weit. Warum måcht ma aus oar Kloanigkeita a Sensation! Iatz wird gmiatlig g'trunkn und g'gessn."

Als Antwort erhielt er von allen ein Kopfnicken und ein unverständliches, er hoffte allerdings, dankbares Brummeln. Als er das leere Tablett unter die Achsel klemmte, ergänzte er sein Ablenkungsmanöver:

„I zåhl jedes Jåhr fast 6000 in die Kassa für die paar Hansel, die wir sind. Und hab nix davo. Dürft ich das Geld anders verteilen, kannta sich ålle in Amerika d' Fußnägel schneiden låssa. Darüber kannt ihr mål mit dem Landeshauptmann reden. Des isch ungrecht! – Manchem von euch derft's it bess'r gehn, wenn er Leit in Lohn und Brot håt."

„Und wia viel stecksch selber so in d' Tåscha?" –
Alois Huber war heute nicht zu bremsen. Doch Paul ließ sich nicht provozieren:

„Deine zwanzg Cent Trinkgeld nachher."

Ferenc, der smarte und, wie ein großer Teil der weiblichen Dorfjugend meinte, obendrein hübscheste Teil der ungarischen Bedienungsinvasion im Tal, die man ja alljährlich brauchte, weil keiner der gleichaltrigen Einheimischen für solch einen Lohn und im Speziellen bei diesen Arbeitszeiten schaffen wollte, sondern lieber das Taschengeld auf der Straße verheizte, servierte derweil wie auf Kommando mit einem unschuldigen Lächeln dem Huber Alois seine Frittaten- und dem Zeiner Franz seine Gerstlsuppe.

„Frag deinen Chef, ob er die Gåzå[2]-Suppa erschd im Ausland håt melken miaßa, so lång, wia das iatz braucht håt", schimpfte Zeiner und erhielt dafür ein freundliches Lächeln.

Ferenc war gerade mal sechs Wochen in Holzbach und die eigenwilligen Reaktionen der Gäste und vor allem ihre mit vollem Dialekt dargebotenen Spitzfindigkeiten verstand er Gott sei Dank noch nicht. *„Jó étvágyat!"* –

---
[2] Schöpfer, Kelle

„Guten Appetit!", meinte er denn auch, von einem am Nebentisch wunderfitzigen Touristentrio beobachtet. Mit langen Ohren und bemühtem Blick auf die Teller. Besonders die rot- und wildlockige Oksana, nur deswegen war sie Roggmann aufgefallen und nur deswegen hatte er besonders gelauscht und ihren Namen aufgeschnappt, schien an der eigentümlich folkloristischen Auseinandersetzung interessiert. Ihr Sohn und dessen neuer Vater, der Oksana vor einigen Jahren mitsamt dem damals kleinen Kind von einer Reise mitgebracht hatte und sie seitdem nächtens gegen innerhalb der vorhergehenden Jahre aufgetauchten Defizite vorhielt, stocherten ebenfalls auffällig neugierig in ihrem Gröstl herum und steckten dabei hin und wieder die Köpfe zusammen. Die Mitte Europas unterschied sich in diesem Fall nicht allzu sehr von der alten Heimat. Solche Darbietungen hatte man trotzdem nicht jeden Tag.

„Alois", unterbrach der Nessler Willi, „du musst schon einsehen, dass deine Werkstatt im Falle eines Hochwassers etwas gefährlicher ist als die Jauche vom Franz. All die Öle, Kraftstoffe und Chemikalien, die du in der Garage hast. Des baut sich nicht ab. Dann wär's um den Naturschutz hier im Tal geschehen und damit mit der staatlichen Förderung."
Der bislang stille Turler Egon nickte nun auch ziemlich heftig mit dem Kopf. Doch bevor er den gleichen Senf wie im Rat dazu beitragen konnte, als er meinte, *Die Tankstelle hat auch wegmüssen,* fuhr Alois dazwischen.

„Hab' ich den so gewollt? Den Naturschutz! Ich hab' damals schon gesagt, dass dann alles raus müsste, auch dein Viehzeug mit der Gülle und Jauche. Oder dem Maler Ziefler sein Lager mit all den Farben und was weiß ich. Gerade der steht noch näher am Fluss."

„Im Rat håsch du seiner Zeit åb'r 's Maul it aufbråcht", warf wieder der Zeiner ein, „da håsch o nix g'sågt."

„Wia o? Es war doch eh alles schon g'red. Was stand in der Kundmachung? Punkt 3, *Verabschiedung* der neuen Wasserschutzverordnung. Und nicht *Beratung*. Da wollte koana diskutieren. I hån im Nachhinein für die Kompromisse g'sorgt. Und des isch dr Dank dafür."
Huber stierte in seine dritte Halbe. Mehr als die Hälfte war noch drin. Er hob den Krug, drehte ihn zwischen seinen Händen, tat, als läse er den Aufdruck der Brauerei darauf und leerte ihn dann in einem Zug. Krachend stellte er den gläsernen Henkelpott zurück. Ein paar Schaumreste flogen dabei durch die Luft.

„I buggl scho mei Leba lång und wås bleibt unterm Strich? Dei Hof kann wåchsa und mei Werchstätt steaht. Åb'r als dr Naturpark g'måcht worden isch, håt ma mi und mei Ideen braucht. Und fascht jeder håt davo profitiert."
Ja, wenn er mit all den asiatischen Firmen konkurrieren wollte, die das Tal seit Jahren wie Ameisen überrannten, musste er vergrößern. Vor allem musste eine größere Halle her. Für die neuen, viel größeren Traktoren und Landmaschinen. Für den riesigen Fendt vom Markus zum Beispiel, die ganzen Ersatzteile, die notwendig gewordene Hebebühne und den stärkeren Flaschenzug. Ansonsten waren seine Tage als unabhängige Werkstatt gezählt, damit dem Toni und Max ihre Arbeitsplätze und seine bislang sichere Rente.

Vor Jahren wurde daher der Kompromiss ausgemacht, kein Neubau in der gelben Zone. Doch schon im Jahr darauf baute zwei Orte flussabwärts der Erwin auf einem künstlichen Damm eine Werkstatt für eine asiatische Automarke und der Ziefler stellte nicht nur Farben, sondern auch Lacke und Holzbeizen in seine Halle.

Jetzt lagen auch noch die Pläne für dieses Schwimmparadies parat, das im Falle eines Hochwassers den Fluss und die Auen mit Chlor anreichern würde, mitsamt dem anderen dann sicher auch herausgeschwemmten Zeug, was man zum Betrieb von so etwas brauchte. Alles seit Jahren geplant und missachtet. Weil es ja staatlich war. Und seit genauso vielen Jahren versuchte Alois sich nun zu wehren. Kampflos wollte er nicht aufgeben. Er war erst Ende fünfzig, hatte noch ein paar Jahre zu schaffen, sonst würde es nicht reichen. Gerade wollte er wieder anfangen, schon erhob er einen gestreckten Finger, aber dem Zeiner Franz war's genug für den Abend. Er stand auf, drückte dem Paul einen Zehner in die Hand und meinte zum Huber Alois:

„Låss guat sei! Is scho schpat! – Mein Schlepper geb i nur dir."

„Den und die paar andern alten reparier i zu guat."

„Deshalb kemma mir jå!" Zeiner stellte sich hinter Alois und schlug ihm kurz auf die Schulter. „I måch Werbung für di. – Ålles klår?"

Huber nickte und lächelte ansatzweise.

„Is scho guat!", meinte er und: „Åb'r es isch trotzdem wåhr!"

Dann hob er den Kopf und schaute auf die Uhr über der Eingangstür. Kurz vor elf in der Nacht. Ein Bier würde er noch trinken.

III. Kapitel

Schön lag er da, der Huber Alois, als wenn er ein Bad nehmen würde. Das Gesicht wie zum Bräunen dem Himmel zugewandt. Arme und Beine weit auseinandergestreckt. Allerdings in voller Bekleidung, was einerseits, angesichts der Sonne, die gerade über die Tajenspitze in einen stahlblauen Himmel kroch, eigenartig, aber andererseits, wegen der Eisschollen, die um ihn herum bachabwärts trieben, angemessen erschien. Warum machte er dies auch im tiefsten Winter? Da konnte selbst sein dicker Lodenmantel nicht mehr helfen. Roggmann schaute von der Oberen Brücke die knapp viereinhalb Meter hinunter. Eigentlich keine Höhe, um zu Tode zu kommen. Doch wenn der Hinterkopf mitsamt dem Genick bei einem Sturz von heroben auf einen der immer noch genügend spitzen Felssteine trifft, die da im Laufe der Jahrhunderte und Jahrtausende aus den Bergen durch das Bachbett angekullert waren, kann einen dieser schon mal ereilen.

Hubers Blick war darob auch nicht sonderlich überrascht. Auch wenn er mit weit aufgerissenen Augen und eher beleidigtem Blick zur Brücke hinaufstarrte. Und das schätzungsweise schon seit circa zwei in der Früh. Denn erst da hatte er den *Einsamen Bären* wutentbrannt verlassen. *I hör auf. I verkauf ålles, mei Werchstått und 's Haus. Dann ... Ach, wås red i denn? Ihr ...* Mehr war von ihm nicht zu hören. So laut hatte er die Tür zum Schankraum hinter sich zugeknallt. Und das viel später als ursprünglich geplant. Aber der Nessler Willi und der Turler Egon mussten ja unbedingt wieder anfangen, nachdem der Zeiner und die anderen gegangen waren, und ihre Loblieder über das schieche Schwimmparadies anstimmen und das auch noch in den höchsten Tönen.

„So betrunken, wie der war, wenn's stimmt, was erzählt wird, kein Wunder. Wahrscheinlich ist ihm schlecht g'worn und er håt sei Gleichgewicht verlorn", kommentierte Haselberner, der zuständige Polizist für den Ort, lehnte sich über das Geländer und machte hustend und röchelnd den ersten Teil der Bewegung nach, von der er glaubte, dass diese nötig wäre, um hier hinunterzustürzen, und spie anschließend einen Batzen gelbbraune Raucherspucke hinunter.

„Hmh?!", antwortete Roggmann, sein Chef aus der Kreisstadt, lediglich, zog den Kopf zwischen die Schultern und den Kragen hoch. Aber es half nichts, der eisige Wind kroch durch jede freie Lücke unter die Jacke. Vorwurfsvoll schaute er in den dafür seiner Meinung nach viel zu blauen Himmel. Wegen dem er seine Mütze im Streifenwagen gelassen hatte.

„Oder es war einer von den anderen dreien", wieder der Haselberner.

Roggmann sah ihn mit hochgezogenen Augenbrauen an und meinte wieder nur:

„Hmh", und ein paar Sekunden drauf, als er die Höhe des an manchen Stellen vereisten und vollgeschneiten Geländers und mit einem Stoß dessen Festigkeit zu prüfen schien und sich anschließend wegdrehte, „erstens sitzen in einer solchen Sitzung noch ein paar mehr Leute, die alle verdächtig sein könnten, und zweitens macht man wegen zwölf Zentimeter nicht so einen Aufstand und bringt Leute um. In der Verwaltung weiß man auch, dass man ihn nicht übergehen darf."

Dann ging er um das Ende des Geländers herum und stampfte durch den hohen Schnee das steile Ufer in seinen extra von daheim mitgebrachten Gummistiefeln zum Bach hinunter. Fast wäre er ausgerutscht und den Hang hinabgesaust. Sich an einen nackten Ast eines dürren Buschs klammernd, konnte er den Sturz gerade

noch im letzten Moment abfangen. „Sakrament",
fluchte er leise und hielt zwei Schritte später eine Hand
in das laut gurgelnde Wasser.

„Und wenn's ihm nicht das Genick gebrochen hätt',
wär er erfroren", rief er von unten rauf und betrachtete
den toten Huber, der an ihm mit einer gewissen Verachtung absichtlich vorbeizuschauen schien. Leichenstarre. Das Wort erhielt dadurch einen ganz neuen
Sinn. „Das Wasser hat höchstens drei oder vier Grad."

„Weniger!", meinte Haselberner.

Klugscheißer, dachte Roggmann und schrie:

„Komm doch runter und spring rein! Kannst ja ein
paar Runden schwimmen!"

„Ich hab keine solch schönen Stiefel", erwiderte der
Haselberner, der sich schon wieder eine Zigarette ansteckte.

Der Bezirksinspektor schüttelte den Kopf, zog gleichzeitig einen Gummihandschuh über und tauchte mit
der so verhüllten Hand im Wasser unter den Nacken
des Toten. Ganz vorsichtig tastete er diesen ab, ohne
ihn anzuheben. Sollten das doch nachher die Männer
aus Innsbruck genauer untersuchen und ihre Kunst beweisen. Aber ein Kabel, Seil oder zusammengedrehtes,
dünnen Tuch fand er nicht. Ohnedies wies der Hals solche Spuren schon von außen nicht auf. Es war ja nur
ein Verdacht. Aber wer sollte den armen Kerl auch erwürgen wollen? Morgens um zwei. Mitten in der Nacht.
Auf einer Brücke. Das gestern Abend war zwar ein lautes, aber doch ganz normales Gespräch zwischen Männern gewesen, die an einem Tag miteinander lachend
und feixend Karten spielten und sich am nächsten, zornig aufeinander geworden, am liebsten mit Paintball-Gewehren beschießen würden, um zu zeigen, wer der
Stärkere wäre. Und ein wenig von genau diesem Zorn

glaubte Roggmann beim Huber auch in dessen starrem Blick noch zu erkennen.

Mit einem quietschenden Ploppen zog er die Handschuhe von den jetzt eisigen Fingern, hauchte sie zu einer Kugel geformt vor seinem Mund warm und musterte noch ein paar Sekunden Hubers Leichnam, bevor er das steile Ufer wieder hinaufkletterte. Wie zum Possen glitt er an derselben Stelle wir zuvor aus und wäre fast rücklings in den Bach gefallen. „Sakrament", fluchte er wieder und riss dabei fast den Busch aus der Böschung. Haselberner lachte von oben und ließ die nächste Kippe in den Bach fallen.

„Verstehst du das unter Naturschutz?", fauchte Roggmann.

„Bis die anfängt sich aufzulösen, ist sie längst über die Grenze und macht dort Schereien. – Tor durch Krankl. Weißt du doch. Der ewige Schmerz."

„Was hab ich von so einem Wunder? Ausgeschieden sind wir trotzdem."

„Aber die auch!"

„Und was hab ich *jetzt* davon?"

„Ein Erfolgserlebnis. – Du bist trocken geblieben."

IV. Kapitel

Was für ein Aufgebot! Schon vorne an der Bundesstraße, in der Abzweigung zur Straße, die Hunderte von Metern am Bach entlang hinauf zur Oberen Brücke führte, stand das erste Fahrzeug der Kripo mit zuckendem Blaulicht. Dazu jeweils zwei vor und hinter der Brücke und auf der wieder eines. *Die Männer aus Innsbruck haben wohl nichts anderes zu tun, dass die es sich leisten können, hier als Rotte aufzutauchen,* dachte Roggmann und schaute von oben zu. In dem Bach watete platschend ein halbes Dutzend von dieser Herrschaft wie Enten herum, rutschte auf den glatten Steinen häufiger aus, als ihnen lieb sein konnte, und begutachtete trotzdem wie ein synchrones Ballett den toten Alois. Jeder von ihnen hielt irgendwas wichtigtuerisch in seinen Händen: Funkgerät, Werkzeugkoffer oder eine Art Kombizange mit Drahtschere und Seitenschneider. Ja, sogar eine Schaufel hatte einer von denen dabei. Wofür brauchte man so einen Unfug? Ausgrabungen oder paläobiologische Funde waren hier nicht zu machen, schon gar nicht zu erwarten. Fehlte nur noch einer mit Pinsel und übergroßer Lupe.

Pfitzenmayr, Roggmann war sich immer noch nicht sicher, den Namen des neuen Polizei-Häuptlings aus Innsbruck richtig verstanden zu haben, beugte sich gerade à la Sherlock Holmes über die Leich', als suche er schon seit Stunden nach einem sichtbaren und daher einleuchtenden Grund für den Tod vom Huber. Frustriert hob der aber die Arme und ließ sie enttäuscht auf seine Schenkel plumpsen. Seit er im kalten Wasser stand und sich dabei vermutlich die kältesten Füße seines Lebens holte, hatte er trotz seines überbordenden Eifers nichts gefunden, was ein Grund hätte sein und daher für einen frühen Feierabend sorgen können.

Auch der nicht mehr ganz junge Amtsarzt an seiner Seite, von dem Roggmann fest überzeugt war, dass dieser, im Gegensatz zu ihm, aufgrund seines fortgeschrittenen Alters den steilen Bichl zwar noch hinunter, aber womöglich nicht mehr hinaufkommen würde, klang grantig und wie ein schlecht eingestellter Radiosender, der jede Stunde die gleichen Lieder spielte, wenn er seine Untersuchungsergebnisse repetierte.

„Keine Würgemale, keine Verletzungen durch Waffen, keine Spuren von einem Kampf", intonierte er immer wieder geriatrisch fiepend und suchte trotzdem weiter nach einem Stich oder dem berühmten Loch im Bauch. „Mir scheint's doch eher ein Sturz gewesen zu sein."

„Und das am Hinterkopf?", wollte der Pfitzenmayr wissen.

„Nennt man Genickbruch – führt meist unmittelbar zum Tod", die Antwort des Arztes.

„Vielleicht durch einen Schlag mit einer Stange oder einem Scheit?"

„Na, wie denn? Da sind keine Splitter in der Haut oder an der Kleidung. Und der Kopf liegt in finaler Sturzposition."

„Und dass ihm einer hier unten den Kopf ..." Er tat, als hielte er einen Ball in Händen, den er auf einen Stein titschen lassen wollte. Spätestens jetzt war Roggmanns Eingreifen nötig:

„Derjenige müsste sich dann abgeseilt haben oder den Bach entlanggeschwommen sein", meinte er lässig mit einem Lächeln in der Stimme. „Die Spuren im Hang sind von mir und ihren Männern."

Dass diese Armada von Polizeibeamten nicht einmal die simpelste Spurensicherung beherrschte – Roggmann schüttelte kaum sichtbar den Kopf.

„Aber ..." Pfitzenmayr gab nicht auf.

„… wir haben keine Flößer mehr", klärte ihn Roggmann auf.

Pfitzenmayr schaute mit einem abfälligen Blick nach oben und dachte sich seinen Teil. Während Roggmann in aller Seelenruhe den Blick aushielt und leise mit rollenden Augen zum Haselberner neben sich sagte:

„Jå, e i o! – Wenn du no amål kimmsch, schlåg i dir mit am Gådalådålaller auf dein Grint.³ *Dann* weißt du, warum *du* då untå dunta liagsch." Und grinste sich einen.

Der Haselberner schnippte derweil seine dritte oder vierte Kippe im hohen Bogen über deren Köpfe ins Wasser und fing sich wieder einen entsprechenden Kommentar von Roggmann ein.

Fünf Minuten später stand Pfitzenmayr neben ihnen auf der Brücke. Sichtlich durchgefroren und mit triefend nassen Schuhen. Blick und Haltung waren wie Eis. Doch war dort zwischen seinen Schultern zu wenig Platz, um den Kopf auf der Suche nach Wärme ganz verschwinden zu lassen.

„Wann haben Sie ihn entdeckt?", im edelsten Hochdeutsch.

„Ich? – Gar nicht!"

Pfitzenmayr schob seinen Unterkiefer hin und her und walkte anschließend seine Lippen. Er war nicht aus dem fernen Innsbruck gekommen, nicht eineinhalb Stunden im überheizten Einsatzfahrzeug gesessen und langsam fahrenden Touristen hinterhergezuckelt, um von einem kleinen Bezirksinspektor vorgeführt zu werden. Den Zeigefinger der rechten Faust etwas theatralisch wirkend auf die Lippen gelegt, räusperte er sich und wollte daraufhin zu einem Rüffel ansetzen.

---

³ In etwa: *Ja, du mich auch! Wenn du noch mal kommst, schlag ich dir eine auf's Haupt.*

„Also hören Sie mal", fuhr ihm Roggmann alles ahnend dazwischen.

„Frau Anni Seulner, Hinter der Brücke 67, hat uns um circa halb sieben in der Früh verständigt. Sie war gerade auf dem Weg zur Bushaltestelle vorne am Gemeindeamt, als sie ihn hat liegen sehen. Ich war dann mit Haselberner keine halbe Stunde später da. Es fing gerade an zu dämmern. Da haben wir gleich gesehen, dass weder er noch jemand anderes in den Bach gegangen war. Der neue Schnee hat keine Spuren verdeckt. Nicht mal von einem Tier. – Frischer, weißer Schnee. Unberührt. Seit Tagen. – Sauber wie ein unbenutztes Stück Papier. Dafür war an manchen Stellen des Geländers der Schnee heruntergewischt."

Mein Gott, Roggmann hatte wirklich die Gabe einen triumphierenden Blick höflich erscheinen zu lassen.

„Und wo ist die Dame jetzt?" Pfitzenmayr machte sich daran den nächsten Minuspunkt zu kassieren – und das mit vollem Erfolg.

„Da! – In ihrem Wagen." Roggmann schaute ihn voller Unverständnis an und wies auf das Auto, das links von der Brücke in der Straße stand. „Sie gibt grad alles zu Protokoll und hat ja auf der Arbeit anrufen müssen, dass sie heute wohl später kommen wird."

Nun gesellte sich auch der Arzt dazu, der sich den Schnee von seiner Hose abklopfte und abwechselnd auf einem Bein stehend erst den linken und dann den rechten Stiefel auszog. Ein gutes Unterfangen, wenn denn die Stiefel nass und die Füße nun auf etwas Trockenem stehen würden – aber es war umgekehrt. Diesen Umstand bemerkte er allerdings um einige Sekunden zu spät. Daher bediente er sich eines verbalen Notausgangs für eine Flucht zu den Einsatzfahrzeugen:

„Ich glaub, ich hab' alles. – War wohl ein Unfall, wie mir scheint", wiederholte er seinen Spruch aus dem

Bachbett, dabei schaute er auf seine durchweichten Strümpfe und meinte nochmals: „Sicher ein Unfall."
Oder auch nicht, dachte Pfitzenmayr und sah in das reißende Rinnsal.

„Könnte sein", sagte Roggmann, mit Blick auf die nassen Socken des Arztes.

„Ich sende Ihnen den Bericht so schnell wie möglich zu", fügte dieser hinzu.

„Ich bitte darum."

Hochdeutsch konnte der Pfitzenmayr aber wirklich.

„Ihnen auch eine Kopie?"

„Wäre nett", erwiderte Roggmann, sicher, darin beim Pfitzenmayr eine ihm nicht genehme Wertschätzung erreicht zu haben, die ihm aber ziemlich egal war. – Und damit dies so bliebe, ergänzte er falsch lächelnd:

„Ich bin ja dann der vor Ort."

Ohne den Pfitzenmayr weiter groß zu beachten, fasste er nach dem Unterarm vom Haselberner und zog ihn zur Seite. Mit Blick auf das andere Ende der Brücke sagte er:

„Nimm dir einen Kollegen und bring die Huberin nach Hause. Ist schlimm genug, ihn die ganze Zeit da unten liegen sehen zu müssen, ohne was machen zu können. Aber wie er gleich da hochgezogen und abtransportiert wird, muss sie nun wirklich nicht mit ansehen."

„Ich sag den Leuten von der Bergrettung Bescheid, die mâcha des eh gscheiter."

Dann tippte er sich an die Mütze und ging zur Huberin hinüber.

V. Kapitel

Natürlich hatte die Seulnerin am Morgen erst die Sigrid und dann den Turler Egon angerufen, bevor sie meinte, den Haselberner oder gar die Huberin verständigen zu müssen. Und natürlich stand sie gleich darauf dick eingepackt mit Sigrid und Egon auf der Brücke und nahm zusammen mit ihnen den Alois in Augenschein – und das mit einem ganzen Schober voller Vermutungen.

„Der Zeiner hätt schon seine Gründe ...", urteilte Egon und rieb sich nachdenklich das Kinn.

„Der Zeiner Franz? Niemals!", widersprach Sigrid vehement und sah ihn erschrocken von der Seite an. „Und Gründe gibt es für so was nie!"

„Dann der Nessler", wieder der Egon und schob Schnee beiseite.

Sigrid tippte sich an die Stirn, Egon war schon immer ein schlichtes Gemüt gewesen. In seinen Einschätzungen immer ein wenig unüberlegt und voreilig und meist lag er mit ihnen daneben. Meist. Aber ein lieber Kerl war er auch – und singen konnte der! Jedes Mal lief es ihr warm den Rücken hinunter, wenn er es tat. Wie ein Romeo hatte er an ihrem Sechzigsten im letzten Jahr unter ihrem Balkon gestanden und ein halbes Dutzend gesungene Glückwünsche vorgetragen. „Alles Guate winsch i dir zum G'burtståg und låss uns amål an Kaffee zamma trinka!", hat er dann später noch in ihr Ohr geflüstert und eine Hand auf ihre Hüfte gelegt. Genau da, wo man es besonders spürt. Wie gern wäre sie spätestens da eine Julia gewesen. Doch Wolfgang, ihr eifersüchtiger Mann, stand neben ihr und sorgte für einen geordneten Ablauf. Für die Aufführungen der Schauspielgruppe musste es trotzdem immer auch einen gesungenen Part für den Egon geben, sonst taugte in Sigrids Augen das ganze Stück nichts.

„Na, i glaub's o it, der hat sicher jemanden vur dr Wirtschaft getroffen. Erschd zmurgats isch er ganga. Wer wår denn sonst noch in dr Sitzung?", fragte die Seulnerin.

„Du meinst tatsächlich einer von den Räten?"
Die zuckte mit den Schultern.

„Oh wei, das wird ein Misstrauen geben." Turler kratzte sich am Kopf.

„Jeder gegen jeden."

„Und übermorgen ist Peters Hochzeit", stellte Sigrid fest.

„Und nächste Woche Fasching", ergänzte Egon.

„Oder Mord und Totschlag", berichtigte die Seulnerin beide.

„Na! Was treibt's ihr denn auf der Brücke?" Plötzlich war der Geisler Josef hinter ihnen aufgetaucht.

„Schau her! Der nächste Trimmsler", stellte der Turler Egon fest, schüttelte den Kopf und deutete still nach unten. Und als der Geisler sich über das Geländer beugte, erklärten alle drei im Chor:

„Der Huber Alois."

„Ach, schau, der Alois. Was macht der denn da? Ist das nicht zu kalt? So viel hat er ja nun auch nicht getrunken", meinte Josef und dachte einen Spaß gemacht zu haben.

„Der spürt nichts mehr."

„Gott, dann ist er tot", stellte er richtigerweise fest und: „Das gibt ein Geschwätz, sag ich euch."

„Da hast du recht."

„Wie lang liegt er denn schon so?"

„Wir haben ihn noch nicht gefragt, du Depp."

„Gestern wår er no im Rat und dann im *Bären*."

„Wia du und i", erinnerte ihn der Turler.

„Deshalb gibt's ja dann ein Gred."

„Wegen uns?"

„Wegen dr ganzen Gschicht."

„Iatz fångsch du o scho mit dem Gred o!"

„Na, des isch koa Gred. Des isch Re – a – li – tät!"

„Des kaltesch åb'r bess'r für di!"

„Åb'r ..."

„I muaß iatz los", sagte Sigrid.

„I o. Da vorne kinnt scho dr Haselberner."

„Des isch o a Re – a – li – tät!"

„Wartet! Treffen wir uns nachher im Laden? Ich weiß ja von gar nichts!", fragte Josef.

„Klar! Gegen zehn?", antwortete Egon.

„Bis nachher dann", das Quartett.

***

Kurz nach zehn. Man hält Wort. Sigrid, Josef und Egon saßen wie vereinbart in dem kleinen Café des Einkaufladens am Dorfplatz mit Blick in den Laden. Vor ihnen jeweils eine große Tasse Kaffee und das hier obligatorische Stück Linzer Torte. Ohne das gab es keinen vernünftigen Tratsch, keine Schwangerschaft und Taufe, keine Einschulung und Kommunion, kein Richtfest, keine Liebe und keine Kinder, keine Ratschläge und Kochrezepte und auch keine gute Leich' im Dorf. Und das seit bald dreißig Jahren. Was wiederum kein Wunder war, denn es war vom ersten Tag an die mit Abstand beste des ganzen Tals.

„Wohl schon's Totenmahl", kommentierte Gertrud, die Besitzerin und Meisterbäckerin des Ladens, nachdem sie erfahren hatte, was passiert war. Jedoch weder erschüttert noch berührt. Der Alois zählte nämlich nicht zu ihren Kunden, der kaufte immer im neuen Supermarkt im Nachbarort ein und hatte daher keinen Anspruch auf eine Sonderportion an Mitleid. Aber ihre Neugier war groß genug, sich für einige Minuten neben die drei zu setzen. Auch weil sie so jeden sah, der hineinkam.

„Die Seulnerin kommt später. Die muss erst noch ihre gewichtigen Aussagen machen", erklärte Sigrid.

„Macht nichts. Ich kann warten. – Ich will schon wissen, was passiert ist und was der Haselberner *und* der Roggmann dazu sagen. Immerhin war der an dem Abend auch dabei."

„Genauso wie wir zwei", ergänzte Geisler und zeigte auf sich und Egon.

„Was soll das heißen?", wollte der wissen.

„Wir werden gefragt werden."

„Ach so."

„Ist ja alles ein arger Zufall."

„Auch ein tragischer."

„Und das in der Situation."

„Was meinst du damit?"

„Es gibt so Geschichten."

„Wer sagt das?"

In diesem Augenblick kam der Zeiner Franz in den Laden. Noch in der Tür, durch die jetzt der immer noch eisige Wind fegte, blieb er stehen und taxierte die vier mit einem komisch grinsenden Gesicht.

„Haltet ihr schon Gericht?"

„Schmarrn!"

„Aber ihr sitzt da wie allwissend auf der Stang."

„Ganz zufällig", log Egon.

„Es gibt Linzer Torte", empfahl Sigrid.

„... und Kaffee", sekundierte Gertrud.

„Ja, i woaß, es ist angerichtet. Ich möcht jedenfalls in keiner andren Haut stecken als meiner", fügte er hinzu. „Gibst mir a Budele[4]. I hån a reines Gewissen. Da kann das halbe Dorf auf mich zeigen."

„Tut doch keiner", empörte sich Josef.

„Aber vorne auf der Straße schauen sie mich schon böse an."

„Wer denn?"

„Der Klauber von oben aus seinem Klassenzimmer zum Beispiel."

„Ach der. Der hat doch eh nur Schwererziehbare, wie seinen Georg. Das woaßt doch wied'r seit gestern." Jetzt kam auch noch Franz' Schwägerin Rosie in den Laden. Mit sichtlich verheulten Augen. Sie war demnach die bisher Einzige, die trauerte.

„Ist das nicht ein Jammer?", meinte sie sofort, zog die Nase hoch und schob sich mit dem noch leeren Einkaufskorb am Franz vorbei, ohne ihn wie sonst üblich mit einem Kuss auf die Wange zu begrüßen. „Ein Glas zu viel – wenn's stimmt – und auch nur vielleicht – dann auch noch ausgerutscht und schon bist du tot. – Ein Drama. – Fürchterlich! – Der arme Kerl. Es ist so schad um ihn!", schniefte sie wieder und wischte sich mit einem längst nassen Taschentuch die Augen trocken.

„Es heißt, er sei vielleicht *nicht* ausgerutscht", behauptete der Zeiner.

„Mei! Ermordet?", stieß die Rosie mit sich überschlagender Stimme nun aus. Wahrhaftig fassungslos. Ließ fast den Korb fallen und hielt sich dabei eine Hand vor den Mund. „Hast du etwa schon den Haselberner gesprochen?", wollte sie wissen.

„Nein, aber da oben stehen inzwischen nur noch die Kriminalen aus Innsbruck. Und die kommen ja nicht

---

[4] Kleine Karaffe für 4 oder 8 cl Schnaps, aus der auch getrunken wird.

mit einem solchen Aufgebot, Spurensicherung und so, weil einer nur ausgerutscht ist."

„Da könntest du recht haben", pflichtete ihm der Egon bei und rieb sich wieder mit einer Hand sekundenlang über das Kinn.

„Noch einen Kaffee?", fragte Gertrud und hoffte auf ein gutes Geschäft.

„Ja, mach mal, der Vormittag kann noch lang werden – und gib der Rosie und dem Franz auch einen – und ein Stück Torte. Auf meine Rechnung."
Josef war wieder mal großzügig, ohnehin immer dann, wenn es galt aus dem Dorf etwas zu erfahren. Da war er nicht besser als ein Waschweib, das Geschichten liebte. Und von denen hoffte er im Laufe des Tages noch einige zu erfahren. Insbesondere vom Zeiner Franz, gab es doch bezüglich seiner Familie besonders viele. Nur waren sie alle noch nicht aus erster Hand bestätigt. Aber die wichtigsten Protagonisten dafür schienen jetzt zusammenzustehen.

„Und mir no a Budele dozu", jubelte der Zeiner Franz.

„Gerne!", freute sich Gertrud. Wenn's so weiterginge, wäre nicht nur die Torte nachher ausverkauft.

VI. Kapitel

Auf dem Dorfplatz blieben Egon, Josef und Franz noch eine Weile stehen, nachdem sich Rosie und Sigrid, eingehakt bei der Seulnerin, zu Egons Leidwesen verabschiedet hatten.

„Der Unterwegner war gestern wieder nicht in der Sitzung", stellte Josef mit wichtiger Miene fest und schlug den Kragen seiner Jacke hoch.

„Warum auch? Der ist nicht mehr im Rat."

„Aber der hat sonst jede Sitzung besucht, wenn sie öffentlich war."

„Na, ich glaub nicht, dass das was zu sagen hat."

„Komisch ist's schon."

„Was will der für Gründe haben?"

„Hat der nicht sein neues Haus da unten bauen wollen?" Der Turler Egon kratzte sich am Kopf und schaute den drei Frauen, vielmehr der Sigrid, hinterher.

„Ach, dann baut er's halt oben am Waldrand."

„Da hat er im Winter nur Schatten", wusste Josef und schaute vorwurfsvoll in den Himmel, aus dem es wieder zu schneien anfing.

„Gegenüber hat er doch auch noch Wiesen."

„Naturschutzgebiet", entgegnete der Franz kopfschüttelnd mit hochgehobenem Finger.

„Da können wir aber eine ganze Menge Namen aufzählen, wenn wir die heimlichen Wünsche und Begierden im Dorf für so was gelten lassen wollen."

„Geschichten gibt's dafür genug. – Sag ich doch schon immer", beteuerte wieder der Josef und sah auf die andere Straßenseite, auf der gerade das Oksana-Trio entlanglief und wiederum zu ihnen hinübersah. Der Sohnemann stieß seine Mutter an und die wiederum ihren Mann. Der stieß zurück, weil er das Geschubse nicht verstand und auch die drei Männer nicht gleich erkannte. Damit es nicht vollends albern aussah, hob Oksana kurz eine Hand zum Gruß. Es sah aus, als würde ein schüchternes Madel ihrem neuen Freund winken. Dadurch also erst recht albern.

„Du und deine Gschichta! Beim Kaffee vorher hatsch eine v'rzehla kenna", meinte Franz.

„Zum Beispiel die, dass man auch den Gschwendner Hannes schon lange nicht mehr gesehen hat", pflichtete ihm Egon bei.

„Der ist doch sicher wieder auf einer Kreuzfahrt."

„Kreuzfahrt? – Der Geizhals? – Für so was hat der Geld?"

„Warum nicht? – Der hat doch das Stück am Bach mit dem alten Stadl an den Wiesen-Wirt verkauft. Das hat sicher einen schönen Batzen Geld gegeben. Das braucht er auf jeden Fall schon mal nicht mehr seinen Kindern vererben."

„Hmh, ich glaub, das muss ich auch mal machen", grinste der Josef, „und dann geh ich auf Weltreise. – Aber nicht allein! Das kann ich euch jetzt schon sagen." Dabei dachte er an die Sigrid, die Geschichte von ihrem Sechzigsten und schlug dem Egon auf die Schulter. Der wusste allerdings nicht so recht, ob er darauf reagieren sollte.

„Meint ihr, die aus Innsbruck gehen von Tür zu Tür?"

„Das müssen die machen, das weißt du doch! Guckst du etwa kein Fernsehen? Tatort? Da machen's die Kommissare sogar am heiligen Sonntag, egal wie mies der Krimi ist. Katholisch können die jedenfalls nicht sein, diese evangelischen ... am Sonntag. Stellt euch das mal vor", gab Franz zum Besten.

„Das wird was geben!"

„Bei den Geschichten", ergänzte Josef.

„Ich weiß keine."

„Meinst du etwa ich? – Dafür hab' ich keine Zeit", erwiderte Egon.

„Aber er und seine Frau", lachte Franz und zeigte auf Josef, „die hat freitags immer einen ganzen Stoß Zeitungen und Zeitschriften unterm Arm, wenn sie aus dem Laden kommt, und weiß danach über jede Scheidung und jedes falsche Kind im Hindukusch Bescheid. – Und die neuesten Prospekte für Kreuzfahrten hat sie dann auch", witzelte er noch und fing sich einen bösen Blick vom Josef ein.

„Also i muaß iatz hoam", sagte der auch prompt. *Madel hüten,* dachte der Zeiner Franz, *sonst gibt's noch eine Geschichte.*

VII. Kapitel

Derweil gingen die drei Frauen langsam in Richtung der Oberen Brücke. Links und rechts von dieser standen immer noch die blinkenden Fahrzeuge. Als müsse man sie wie eine Burg abriegeln, um weitere Untaten zu verhindern. Auf der Brücke nun auch ein Sanitätswagen. Ohne Blaulicht. Ohne die übliche Hektik und Geschäftigkeit. Alle Türen offen. Selbst das Licht in ihm war ausgeschaltet. Der Notfall war durch Tod beendet und wurde durch die kalte Luft, den Schnee und das Eis dort draußen konserviert. Die drei blieben stehen und begannen zu tuscheln.

„Den hätten s' nicht gebraucht!", protestierte die Seulnerin und zeigte auf die gelangweilt dreinschauenden Sanitäter neben deren Wagen.

„Alles Vorschrift", stellte Sigrid fest.

„Der arme Kerl!", schniefte Rosie. Ihre Traurigkeit war einfach nicht zu bremsen.

„Und drüben lauert schon der Wegner vom *Tagblatt*."

„Des isch o so oaner!"

„Märchenerzähler!", echauffierte sich die Seulnerin.

„Stimmt! Es soll ja Wilderer unter uns geben. Hat er mal geschrieben."

„Ich sag ja, Märchenerzähler!"

Neben dem Saniwagen standen Haselberner, Roggmann und ein paar der Innsbrucker Beamten. Alle mit nickenden Köpfen. Auf diese Weise ähnelten sie den Wackeldackeln auf diversen Hutablagen. Haselberner spielte wie so oft Lokomotive und blies einen Schwall Rauch in den Himmel. Nebel, Qualm und Atemwolken vermischten sich zu einem zähen Gebilde. Als er die Frauen sah, hob er eine Hand und bedeutete ihnen, zu kommen. Sie schauten sich an und liefen wie drei

Schulmädchen, die der Rektor auf einen Arrest zu sich ins Zimmer bestellt hatte, los.

„Was ist nun schon wieder?", ärgerte sich die Seulnerin.

„Wir werden gebraucht. Ohne uns läuft halt nichts", erwiderte Sigrid mit bedeutsamem Tonfall.
Kaum bei den Männern angekommen, fragte sie dann auch:

„Was gibt's?"

„Es gibt da so eine Geschichte ..."

„... das ist eigentlich dem Josef sein Part ...", meinte Sigrid.

„... er hat keine Schlüssel dabei!", erklärte Haselberner, schaute sich um und ging mit ihnen ein paar Schritte zur Seite.

„Die sucht ihr am besten im Bach", empfahl die Seulnerin und guckte über das Geländer hinunter, „sind ihm sicher aus der Tasche gefallen."

„Haben wir längst gemacht. Nichts."

„Bei der Strömung ..."

Auch der Haselberner schaute nun nach unten, damit man sein plötzlich grinsendes Gesicht nicht sah. So weit wäre ein Schlüsselbund trotz allem gar nicht getrieben worden. Der steinige Untergrund mit all seinen Kieseln ergab zu viele Stellen, in denen er sich hätte verfangen können. Fünf, sechs Meter wäre der Höchstfall gewesen. Genau genommen war er keine Handbreit weit gekommen und lag sogar gleich neben dem Alois. Aber Haselberner wollte am ersten Getuschel im Ort teilhaben und die ersten Gerüchte herauskitzeln, vielleicht auch einen unbedacht ausgesprochenen Verdacht und hatte sich den kleinen Trick, irgendetwas zu behaupten, um dann berichtigt oder belehrt zu werden, aus einem alten Detektivroman gemerkt.

„Aber die Geldbörse habt ihr gefunden?"

„Die steckte in der Jacke."
„Also. Was willst du?"
„Man könnte sie ihm vorher ..."
„Schmarrn! Man klaut dann doch nicht nur die Schlüssel."
„... und gemerkt hätte er es sicher auch, nach ein paar Schritten. Der war ein genauer!"
„Das wollte ich ja von euch wissen! – Aber vielleicht gibt's bei ihm zu Hause was?! Morde geschehen häufig aus den unverständlichsten und niedrigsten Beweggründen."
Irritiert schaute er die Frauen an. Den Krimi gab's beim Leitner in der Bibliothek. Sollten die drei ihn etwa auch gelesen haben?
„Woher sollen wir das wissen? Glaubst du etwa, wir besuchen ihn regelmäßig?", meinte Sigrid und Anni nickte.
„Bei ihm ist nichts zu holen. Der ist kein Millionär. Der hat sein Haus, die Familie und die Werkstatt. Mehr nicht. Alles mit eigener Hand aufgebaut. Ohne große Kredite. Ohne jemanden anbetteln zu müssen. Für Freunde hatte er keine Zeit. Die hat er im Rat verbracht, damit nicht nur herumgeschachert wurde. Abende lang hat er zuvor die Papiere durchgelesen und sich Notizen gemacht. Macht von den Räten sonst auch keiner. Und wenn Geld da gewesen wäre, hätte er aufhören und nicht vergrößern wollen. Er hat sein Leben lang schaffen müssen oder was hast du erwartet?", erwiderte Rosie.
So wie sie es sagte, ließ es keinen Widerspruch zu. Drei Augenpaare blickten sie an.
„Keine Freunde. Papiere durchgelesen. Notizen gemacht. Woher weißt du das denn so genau?", wollte auch prompt die Sigrid und nicht der Haselberner wissen.

„Ich hab bei ihm mal sauber gemacht", log Rosie.
„Kann das nicht seine Frau?"
„War damals im Krankenhaus."
„Damals?"
„Ja, damals, als sie im Krankenhaus war."
„Ach schau her!", hüstelte die Seulnerin und behielt den Rest. *Die Huberin im Krankenhaus. Und ich hab davon nichts mitbekommen? Es gibt wohl tatsächlich so Geschichten,* für sich. Und Haselberner lächelte zufrieden.

VIII. Kapitel

Schnell wie ein Lauffeuer hatte sich die Nachricht vom Tod des Huber Alois im Dorf verbreitet.
„Hast schon gehört? Der Huber hat sich umbråcht."
„Erschossen soll er sich haben."
„An der Brücke erhängt."
„Einer aus dem Dorf hat ihn runtergeworfen."
„Direkt nach der Ratssitzung."
„Verfolgt haben s' ihn. Ausgeraubt."
„Und gewürgt!"
„Den Kopf wie ein Ei auf die Steine aufgeschlagen."
„Der Weber war's!"
„Der Schmelgner war's!"
„Der Ziefler war's!"
„Der Bürgermeister selbst war's."
„Die Ersten sind schon verhaftet, heißt's."
„Und die Seulnerin hat alles gesehen!"
Die Seulnerin hatte alle Hände voll zu tun, dem Blödsinn ein Ende zu bereiten, wenn sie bezüglich ihrer angeblichen Aussagen angesprochen wurde. Aber war die Gerüchteküche an einem Ende des Ortes unter Kontrolle gebracht, kochte sie am anderen Ende schon wieder auf. Immer wieder stand man zu dritt, viert und mehr herum, an der Bushaltestelle, vor Gertruds Laden oder am Friedhofseingang, steckte die Köpfe zusammen und spickte den Unglücksfall mit den neuesten stündlich eintreffenden Untersuchungsergebnissen der Landespolizeidirektion, deren Leiter für Sondereinsatzangelegenheiten im Innenministerium sich wegen der Brisanz des Falles inzwischen höchstselbst eingeschaltet haben sollte. Und sobald man dessen Namen erwähnte, wurden seine Autorität und die seiner angeblichen Aussagen natürlich von niemandem angezweifelt. Denn es gab ja genügend Geschichten.

„Der Huber war ein Undercover in deren Diensten", meinte der Geisler Josef mit bedeutsamem Blick, als er am Nachmittag wieder ein Bündel beieinanderstehen sah, nur um sie zu ärgern.

„Wissen wir bereits. Hat uns schon der Schwager vom Turler berichtet."

„Vier Einschüsse. Genau ins Herz. Aber der Arzt durfte nichts sagen. Alles unter Verschluss."

„Und die Herren Redakteure vom *Tiroler Tagblatt* wollen nur von einem unglücklichen Todesfall, der sich in Holzbach ereignet hat, schreiben. Hab mit dem Wegner selbst gesprochen", moserte einer von ihnen und wurde von seinem Nebenmann unterstützt:

„Das Wort *Unglücklich* sagt doch schon genug."
Geisler schaute sie ungläubig an, schüttelte den Kopf und ging weiter. Es brauchte weniger als zwei Handvoll Leut, um alle im Tal zu Beteiligten des dümmsten Dienstbotenklatsches zu machen. Die Welle erreichte schon bereits am Nachmittag den Nachbarort. Am Schlepplift vor der Skischule standen sie bis zur Unkenntlichkeit eingepackt, mit Skibrille und Helm, selbst die, die noch nie in ihrem Leben Ski gefahren waren, und nannten die Verdächtigen hinter vorgehaltener Hand. Natürlich war diese von einem Handschuh bedeckt. Kam einer von diesen vorbei, wurde sofort innegehalten und geschwiegen und die Blicke verfolgten mit wissendem Blick hinter den dunklen Gläsern den Verdächtigen, der von dem Ganzen nur eines hatte, nämlich keine Ahnung.

„Noch läuft der frei herum."

„Aber, wenn *wir's* schon wissen, hat er nicht mehr lang."

„Morgen!", nickte der mit der dunkelsten Brille.

„Spätestens übermorgen!"

„Ist er dran."

Alle nickten. Alle drehten sich um. Alle stellten sich wieder brav in die Schlange am Lift. Waren sie oben angekommen, standen sie Augenblicke später schon wieder zusammen und nahmen den nächsten in Augenschein, weil auf der Fahrt hinauf ein weiterer potenzieller Angeklagter gesichtet worden war.

Währenddessen musste sich Werner Haller, der immer noch unverheiratete Postbote, unten im Dorf sputen, die Briefe auszutragen. Denn hinter bald jeder Tür lauerte ihn jemand auf und öffnete sie wie von selbst, kaum dass Haller vor dem Haus stand, um die Sendung mit einem auskundschaftenden Kommentar entgegenzunehmen. Wenn dies so weiterginge, wäre er noch am Abend mit dem Verteilen beschäftigt. Doch er kannte die Masche und wusste, wie er vorzugehen hatte.

„Hallo Norbert! Kannst du's der Luise nachher rübergeben? Sie ist wohl grad nicht da und ich will's ihr nicht einfach in den immer noch vollen Briefkasten quetschen."

„Ich hätt schwören können, sie vorhin gesehen zu haben", kam ihm mit einem skeptischen und zweifelnden Blick über seine Schulter entgegen. Doch er ließ sich nicht abbringen.

„Vielleicht ist sie ja bei der Wäsche oder bei den Tieren. – Ich danke dir jedenfalls!"
Und schon hatte er den Brief los und ging weiter. Dass die relativ jung verwitwete Luise keine Viertelstunde später vor der Fleischtheke im Supermarkt stehend sich bei der Paula *hinter* der Fleischtheke darüber beschwerte, der Haller hätte es wohl nicht mehr nötig bei ihr zu klingeln, war dann wegen dieser Enttäuschung schon eher als logisch zu bezeichnen.

„Zweimal hat der ja sowieso noch nie geklingelt", stellte Paula schnippisch fest und zuppelte unter der dicken Jacke am Kragen ihrer Bluse herum. Dabei war nicht klar, ob sie deswegen nicht auch ein wenig eingeschnappt war. Luise verstand davon nichts und meinte – fast ebenso beleidigt:

„Früher hat der nicht klingeln müssen. Meine Türen standen um die Zeit schon immer offen. – Es hat immer einen Kaffee und ein Stück Torte gegeben bei mir. Und Zeit hatte der immer – dafür. Auch wenn er keine Post dabeihatte."

Paula zog die Nase hoch und beugte sich vor. Mit einem schnellen Blick prüfte sie, ob auch niemand zuhörte.

„Das siehst du's mal. So wird das nichts! – Das ganze Dorf ist inzwischen verrückt geworden."

„Weil jeder schon einen Grund hat."

„Und auf den anderen schaut."

„Ich hab' immer nur in den Spiegel g'schaut … bevor er kam."

IX. Kapitel

„Das Schlimmste ist das Geschwätz im Dorf", schluchzte Anneliese Huber ins Telefon, legte den Hörer kurz zur Seite, putzte sich geräuschvoll und inhaltsreich die Nase und nahm ihn wieder auf, „das ist viel verletzender als alles andere. Als wenn ich nicht schon genug Sorgen und Probleme hätte."

„Das sind doch immer dieselben, die da schwätzen. Eine Handvoll Giftzwerge, die sich unglaublich gescheit vorkommt. Du kennst sie. Ich kenn sie. Mach dir nichts aus denen. Alles Neunmalgscheite. Alles Bauern. Es gibt jetzt wirklich Wichtigeres." Die Stimme im Telefon meinte es ehrlich. „Du machst schon genug durch. – Mein Gott, tut mir das alles leid."

„Achtundfünfzig war er erst. Da gibt es genug, die in dem Alter noch mal neu anfangen, wie der Bruder vom Nessler Willi zum Beispiel. – Und jetzt?" Es war mehr als Ratlosigkeit in ihrer Stimme.

„Der Nessler Heiner hat nicht neu angefangen, sondern sich scheiden lassen und ist dann nach Landeck. Jetzt hat er mit Anfang sechzig einen vierjährigen Sohn. Tolle Sache für einen Neuanfang, wenn du jetzt zwei Familien verhalten musst. – Vielleicht kriegt der nicht mal mehr die Matura von dem Kleinen mit."
Anneliese Huber entschlüpfte ein lautes Wimmern und hörte:

„Du wirst sehen, von überall wird Hilfe kommen. Du bist nicht allein."

„Ich seh die ganze Zeit nur, wie er dagelegen hat. Die erschrockenen Augen von ihm."

„Lenk dich ab! Sieh dir das Bild im Esszimmer an!"

„Ich sitz im Esszimmer und seh trotzdem nichts anderes."

„... und vor allem, wühl nicht in alten Sachen rum."

„Der Papierkram muss aber gemacht werden."

„Die Ordner kannst du dem Bestatter geben. Der erledigt das meiste."

„Aber …"

„Komm doch heute Nachmittag zu mir, dann können wir …"

„Glaubst du etwa, ich kenn all die Geschichten nicht?", schluchzte die Huberin plötzlich. „*Ich* weiß, welche davon wahr sind, und mir ist vollkommen klar, welche ich von denen jetzt ertragen muss." In ihrer Stimme nun eher Wut als Trauer und nach einer kleinen Pause ergänzte sie: „Ich werd mit ihm darüber sprechen. Es muss geregelt sein. Bevor andere meinen, sich darum kümmern zu müssen."

Auch wenn ihr diese ganzen Geschichten bestens bekannt waren, und das schon seit vielen Jahren, ja, seit einer halben Ewigkeit. Seit dem Tag, an dem Alois – auch nach einer Ratssitzung – erst früh morgens nach Hause kam, wusste sie nicht, wie sie nun auf diese reagieren sollte.

„Vielleicht will er ja von dem Ganzen nichts wissen. Die ganzen Jahre hat er sich ja nicht darum gekümmert."

„Das wär ja auch noch schöner gewesen. Alle hätten was gewusst und du hättest dagestanden."

X. Kapitel

Nach dem Geschwätz des Tages wirkte die Sendung wie eine weitere, noch viel perfektioniertere Genmanipulation. Vielleicht nicht bei ihm auf Dauer, aber die nächsten Generationen würden es büßen müssen. Nicht nur, dass so etwas kaum unterhielt, sondern der Schmus, der da verbreitet wurde, stumpfte sicher nicht nur ihn noch mehr ab, sondern machte darüber hinaus schmerzunempfindlich und träge für die alltäglichen Dinge. Man hätte diese Show eins zu eins auch in Nordkorea, Saudi-Arabien oder Mali senden können, ohne eine Zensur befürchten zu müssen. Und obendrein eine ungeplante Leiche, wie die vom Huber, ertragen. Auf der anderen Seite wusste er nicht, was schlimmer war, das reale Leben im Dorf oder diese Sendung. Der vierte, diesmal blutjunge C-Künstler war mit seinem Sing-Sang-Auftritt fertig und der Moderator ein weiteres Mal auf die gleiche Art wie fünf Minuten zuvor neugierig: *„Du hast ja schon viel durchmachen müssen in deinem Leben, was kaum einer weiß."* – *„Ja, es war nicht leicht."* – *„Aber jetzt ist ja alles geradegerückt. Und du bist dabei durchzustarten."* – *„Ja, jetzt bin ich schon in den Top Ten."* – *„Du hast also noch einiges vor in diesem Jahr!?"* – *„Ja, das kann man wohl sagen."* – *„Was magst du uns verraten?"* – *„Nichts. Es soll ja eine Überraschung werden."* Gleich mehrere *Jas* zur hohlen Unterhaltung und kaum war der letzte Satz gesprochen, bejubelten die Zuschauer in der Halle den Quatsch sogar mit Standing Ovations.

Roggmann nahm die Fernbedienung und schaltete ab. Was Überraschungen anging, war er schon jetzt bedient und beim Huber Alois auf einiges gefasst. Kurz streckte er sich auf seinem Sofa aus und legte die Beine auf den niedrigen Tisch vor ihm. Fast kickte er die Gläser und Flaschen herunter. An die Decke starrend, fahndete er nach den ersten handfesten Anhaltspunkten. Viele waren es nicht. Auch die gedankliche Suche nach Tätern erbrachte nichts. Aus der Umgebung wurde niemand, den man kannte und der als einigermaßen glaubwürdiger Verdächtiger hätte herhalten können, vermisst oder hatte sich einen Verdacht bestätigend aus dem Staub gemacht. Wie bei einem Kasperletheater waren alle da und staunten über die Darbietung. Machten sogar ihr Kommentare. Wer von ihnen sollte für so eine Tat auch infrage kommen? Soweit er wusste, war hier seit dem Krieg niemand umgebracht worden, obwohl es sicher in all diesen Jahren genug Gründe von noch größerer Bedeutung gegeben hätte – wenn man denn überhaupt so was wie Verständnis für solche Taten aufbringen wollte – als dieser Streit um zwölf Zentimeter.

Augenblicke später schaute er auf die Uhr, stand auf und ging zum Esstisch hinüber. Dort räumte er das unbenutzte Geschirr ab. Wahrscheinlich war sie doch wieder in der Praxis aufgehalten worden. Es gab genug Skifahrer, die bei frischem Schnee ihre Fähigkeiten überschätzten und sich verletzten. Oder die Grippewelle hatte nun auch das Tal erreicht und stand im Vorzimmer Schlange. Die möglichen gemeinsamen Abende wurden ohnehin oft genug durch die Arbeit durcheinandergebracht. Sie hatte die Kranken und er immer wieder Unfälle, Ladendiebstähle oder kleinere Pöbeleien. Sie lebte und arbeitete in Holzbach und er, weil's näher zu seinem Polizeirevier war, in der Kreisstadt. Trotzdem, langsam wurde es Zeit, dass die Sache mit zwei Wohnungen ein Ende hatte. Zumal sie dadurch schon seit Monaten unnötigerweise für ein weiteres Gesprächsthema sorgten. *Der moant des doch går it ernst. Der sitzt in seim Büro in dr Stadt und fährt nur*

dann znachtsg zu ihr hin, wenn er oan Notstand håt.
Dann schlug derjenige schon mal die Faust in die hohle Hand und grinste vielsagend. Nachher würde er sie anrufen und sich erkundigen, welcher Unfall oder welche Krankheit dazwischengekommen war.

Gerade als er alles aufgeräumt hatte und die Schränke schloss, klingelte sein Telefon. Roggmann lächelte, ging zu dem Apparat hinüber, in Erwartung sie dran zu haben. Aber das Display zeigte die Nummer vom Haselberner. Der Bezirksinspektor seufzte und zog die Augenbrauen hoch. Sollte er sich jetzt auf ein Gespräch mit ihm einlassen, war der Abend erst recht gelaufen. Wenn nicht, textete Haselberner bestimmt die Mailbox voll. Das Abhören würde sicher mehr als eine halbe Stunde oder länger benötigen. Egal wie er sich entschied, heute, morgen oder irgendwann drohten dessen Analysen.

„Was liegt an, Bernd?", fragte er, nachdem er abgenommen hatte.

„Das Tal kennt den Täter."

„Das Tal quatscht dummes Zeug."

„… und alle, wirklich alle, zeigen dabei ausnahmslos auf einen anderen, der das verzapft haben soll."

„Vielleicht müssen wir nur warten, bis sie sich die Köpfe einschlagen?!"

„Nach dem Motto, wer übrig bleibt, war's?"

„So ähnlich."

„Dann ist zwar Ruhe, aber die Verletzungsgefahr für Unschuldige ist zu groß."

„Würde also unter Umständen den ersten *echten* Totschlag bedeuten."

Roggmann grinste und Haselberner wusste es, ging aber nicht drauf ein:

„Hast du schon eine Idee?"

„Bis jetzt bleib ich zwischen einem Unfall und Unglück stecken. – Einen Mord sehe ich nicht."

„Du solltest die anderen mal hören."

„Ja, ja, ich weiß! Aber in dem Gred steckt it oan Wåhrheitskerele, it amål a kloas[5], wie ihr immer so schön zu sagen pflegt." Roggmann war davon felsenfest überzeugt.

„Es könnt aber sein ... Ich mein nur ... das sind solche Hitzköpfe ..."

„Dann hätte es in den letzten Jahren schon einen ganzen Haufen Leichen geben müssen. Die streiten doch andauernd miteinander, wenn sie im Rat sitzen und sind am nächsten Tag wieder die dicksten Freunde."

„Bis zum nächsten Mal."

„Stimmt! Über mich reden sie auch zum Beispiel", gab Roggmann seinen Gedanken von vorhin preis.

„Wenn's sonst nichts gibt, kriegt jeder eine neue Vita."

„Das macht das Leben hier nicht unbedingt leichter."

„Ach, und trotzdem kann sich keiner eines anderswo vorstellen."

„Ist auch eine Art von Zähigkeit, oder?"

„Lästerst du etwa?"

„Nein. Aber wenn man in Salzburg unter Tausenden von Touristen groß geworden ist, sieht man die Welt ...", Roggmann zögerte.

„... differenzierter?", versuchte Haselberner zu sekundieren.

„Nein, nur anders."

„Aber manchmal wohl auch etwas von oben herab."

„Hast du das Gefühl?"

---

[5] Aber in dem Gerede steckt nicht ein Körnchen Wahrheit, nicht einmal ein kleines ...

„Ich sag ja, manchmal."

Roggmann stöhnte, bevor er aber etwas erwidern konnte, meinte Haselberner:

„Ist aber schon in Ordnung. Mach dir keine Gedanken ..."

„... die mach ich mir in anderer Hinsicht."

„Zukunft?"

„Wie kommst du den jetzt darauf?"

„Man hört so allerlei Geschichten."

„Ach Gott, jetzt du auch noch!"

„Dann weißt du, was ich meine."

„Eine davon heißt Daniela. Zu der ich ja abends nur dann fahr, wenn ich einen Notstand hab. – Richtig?"

„Zum Beispiel."

„Und die andere?"

„Stammt vom Stammtisch beim Holder und heißt: Peter erbt alles."

„Ja und? Das ist jetzt nicht unbedingt neu. An meinem wird das mindestens einmal im Jahr zum Besten gegeben."

„Und? Was denkst du darüber?"

„Dass es mir herzlich egal ist. Oder glaubst du, ein Motiv darin zu erkennen?"

„Könnte ja sein. Jemand hat's herausbekommen und ist neidisch, eifersüchtig oder so und ..."

„... und gar nichts!"

„Aber in solchen Gerüchten findet man doch immer das angeblich vorhandene Wåhrheitskerele."

„Wenn jede Geschichte hier im Tal ein *solches* Gerücht ist, wärst du nicht Polizist, sondern Getreidehändler."

Kurz vor Mitternacht hatten sie alle gefühlt möglichen Themen und Variationen durch. Egal wie viele Körner der Wahrheit in diesen vorhanden waren. Als ihnen nichts mehr einfiel, beendete der Bezirksinspektor mit einem Gähnen das inzwischen schleppende Gespräch und hielt noch für fast eine Viertelstunde den Hörer in der Hand. Zunächst weil er Daniela noch anrufen wollte, aber dann nach einem Blick auf die Uhr unsicher war, ob sie darüber um diese Zeit begeistert wäre.

So nahm er die Fernbedienung und machte wieder den Fernseher an. Irgendeine Talkshow flimmerte nun in dem Kasten. Das Thema wurde für den, der regelmäßig auf seinem Sofa einschlief, in einem Balken eingeblendet: Was tut man gegen Verleumdungen aus der Nachbarschaft. *Wie passend,* dachte Roggmann und schaute genau zehn Minuten zu. Als der Moderator meinte, „Aber in jedem Geschwätz steckt immer ein Körnchen Wahrheit und sei es noch so klein", schaltete er wieder ab.

XI. Kapitel

Der Schneefall hatte wieder eingesetzt. Wie angekündigt. Sacht, leise und stetig. Verschluckte nach und nach alles, was sonst an Lauten zu vernehmen gewesen wäre. Die Welt wurde still. Und schon nach wenigen Minuten lag ein dünnes Tuch aus schönen kristallenen, glitzernden Flocken auf der Erde. Man könnte auch sagen, ein Tuch der Verschwiegenheit. Die sogar noch ständig anwuchs. Immer mehr bedeckte. Selbst der Wind war tonlos geworden. Und da sie heute Morgen dem Wetterbericht im Radio nicht gut genug zugehört hatte, trug sie das falsche Schuhwerk. So suchte sie in dem knirschenden Schnee bereits vorhandene Trittspuren, damit sie nicht mit ihren Halbschuhen einsank und die Füße wenigstens einigermaßen trocken blieben. Den Schal über den Kopf gezogen, kam sie vor ihrem Haus an und suchte den Schlüssel. Gerade als Markus mit seinem Fendt und dem in der Stille plötzlich infernalisch polternden Schneeschieber hinter ihr vorbeifuhr, er kurz hupte und sie ihm zuwinkte, trat sie mit dem letzten Schritt in einen romantisch überschneiten Hundehaufen. Leise fluchend kratzte sie die Schuhsohle an einer der eisigen Stufen sauber. Nun war der Schuh doch durchnässt. Missmutig schloss sie die Wohnungstür auf und wunderte sich über die Stille in der Wohnung. Für gewöhnlich nervten um diese Zeit gleich zur Begrüßung der wummernde Bass irgendeines Hip-Hop-Stücks aus Michaelas Zimmer und deren lautes Mitgrölen.

Vor ein paar Wochen erst, kurz vor Michis fünfzehnten Geburtstag, stürmte Daniela abends deshalb in ihr Zimmer. Die Nachbarn würden sich mit Sicherheit irgendwann bei ihr beschweren. Eine Wolke aus verbrennendem Paraffin, nach Vanille stinkenden Räucherstäbchen und abgebrannten Streichhölzern schwebte unter der Decke. Mittendrin mit ihrem Kopf, in dem dumpfen Lärm und stickigen Qualm: Michaela. Nackt. Hüpfend. Mit geschlossenen Augen. Unverständlich singend. Von ihrer Mutter bekam sie nichts mit, bis *Bist du noch ganz dicht?*, als Daniela das Licht anmachte. Wie abgeschaltet blieb Michaela stehen. Das Geld im Automaten war durchgefallen. Die Zeit abgelaufen. Die Vorstellung beendet. Wollte man mehr sehen, musste man eine weitere Münze einwerfen. Sie brauchte einige Sekunden, bis sie wusste, wo sie war. Die Hände immer noch über dem Kopf, wie eine indische Tänzerin in Trance, schaute sie Daniela an und meinte nur: „Mutti?" Die schaute sie von oben bis unten an, wedelte mit einer Hand vor ihrem Gesicht hin und her und antwortete: „Wen hast du erwartet?"

Nun aber Ruhe. Instinktiv schaute Daniela auf die Uhr, obwohl sie wusste, dass es kurz vor acht sein musste. Vielleicht zehn Minuten früher, weil bei dem Sauwetter keiner mehr krank genug war, um kommen zu wollen, und der Rest eh nur den toten Huber zum Thema hatte. Trotzdem die normale Zeit für einen Mittwoch, an dem sie die Praxis nach Möglichkeit schon um sechs schlossen und Michaela als nahezu einzigem Abend in der Woche geruhte zu Hause zu sein, weil sie an den anderen und vor allem an Wochenenden mit ihren sogenannten Freunden unterwegs war. Doch statt des üblichen Lärms, der wieder eine nackte, tanzende Michaela erwarten lassen könnte, hörte sie jetzt nur fast sphärische Klänge vom Ende des Flurs herüberschallen. Pubertät bedeutete wohl auch plötzlich aufkommende Vernunft. An der Garderobe Michaelas Jacke und eine, die Daniela nicht kannte. Was aber bei dem Haufen von neuen Spezis kein Wunder war. Die sich derzeit wie Karnickel vermehrten. Leise ging sie zur Tür des Kinderzimmers und schmunzelte darüber, Kinderzimmer gedacht zu haben. Vor der Tür wieder der Geruch brennender Kerzen. Die fremde Jacke Hinweis genug, Michaela nicht alleine vorzufinden. Vermutlich. Hoffentlich nicht wie damals. Nein. Pubertät. Sicher träfe sie jetzt eine ganze Horde junger Mädels im Schein der flackernden Kerzen an. Konspirativ beieinandersitzend und über die letzten Mode- und Make-up-Trends debattierend. Denn für die Schule wurde ja nicht gelernt. Die schien bei allen im Nebenbei zu gelingen. Ohne anzuklopfen, öffnete sie voller Schwung die Tür, genau in dem Moment, in dem sie meinte, ein erstauntes und seltsam lang gezogenes „Oooh!" zu hören, und blieb wie vom Donner gerührt in ihr stehen.

Vor ihr ein Haufen flackernde Kerzen und alles andere als tratschende Mädels. Kein Meinungsaustausch über Make-up oder Mode. Die war nicht mal vorhanden. Nicht in kleinsten Fetzen. Denn hier wurde für das Leben gelernt. Nein, über das Stadium war man bereits hinaus. Wie vor Wochen eine nackte Überraschung. Aber auch das war noch steigerungsfähig. Ein zweifelsfrei männlicher, wenn auch junger Hintern federte, vom Schein der Nachttischlampe beleuchtet, leise fluchend und rundherum entblößt keine zwei Meter unter ihr nach oben und legte die ebenso völlig nackte und schnaufende Michaela frei, die auf dem grellbunten, flauschigen und jetzt unter ihrem Kopf zusammengeschobenen Teppich lag, den sie vor ein paar Wochen unbedingt aus dem Teppichladen in der Kreisstadt nach Hause bringen musste. Wofür, war Daniela nun mit einem Mal klar. Breitbeinig und gegenüber der eigenen Mutter sicher nicht so beabsichtigt, präsentierte sie ihren für solche Dinge noch viel zu mädchenhaften Schoß umwölkt von sphärischer Musik ohne indische Tänze.

„Jesusmaria! Bisch du narrisch?!", rief Daniela und hielt sich die Hände vors Gesicht, während Michaela ihr ein „Mutti!? – Du?! – I dacht, du hatsch zum Jürgen g'wellt!?" mit unzähligen Ausrufe- und Fragezeichen versehen entgegenwarf. Kreischend und verdattert. Wie das „Guaten Åbad! Frau Staller" aus dem Mund des in den letzten Jahren von ihr unbemerkt größer gewordenen Klaubers Georg. Immerhin der Lehrer-Sohn, der jetzt verschüchtert zitternd und ziemlich damisch vor ihr herumhampelte, weil er nichts in unmittelbarer Nähe fand, um sich zu bedecken, ohne an ihr vorbei zu müssen. Sich daher unsinnig und albern krümmte, weil er versuchte etwas zu verstecken, was so nicht zu verstecken war und dadurch noch nackter wirkte als ihre Tochter, wenn man die Socke an seinem linken Fuß nicht mitrechnete.

Sein Schniedel, der ein sehr hübscher Schniedel war, wie Daniela in diesem Moment verrückterweise feststellte, aber nun auch kein simpler, kleiner, unschuldiger Schniedel mehr und in den letzten Jahren, was Größe anlangte, die gleiche Entwicklung gemacht hatte wie der Bub, wippte an seinem Körper auf und ab. Ungeschützt, ohne Hülle, bemerkte sie noch, und daher sicher nicht den Hinweisen und Ausbildungseinheiten der noch hoffentlich gültigen Lehrpläne im Biologieunterricht entsprechend. Dann schossen ihr, ohne dass ihr bis dahin ein weiterer Schrei oder Fluch herausgerutscht war, die Tränen in die Augen, sie drehte sich um und ging zur Tür. Einerseits, weil ihr keine Erwiderung einfiel, und andererseits der versteckte Vorwurf „I dacht, du hatsch zum Jürgen g'wellt!?" in ihr nagte und sofort ein schlechtes Gewissen bereitete. Denn tatsächlich hatte sie sich für diesen Abend mit Jürgen verabredet, es Michaela beim Frühstück gesagt und – wie es schien – vergessen. Sicher wartete er bereits auf sie, voller Vorfreude, mit ihr mal wieder allein sein zu können. Michaela hatte diese Chance bis vor fünf Minuten besser genutzt als sie.

Doch bescheuerterweise fiel ihr angesichts des nackten Jünglings vor ihr auch die Geschichte ein, wie sie, als gerade mal Vierzehnjährige, dem depperten und viel älteren Pauler Johann, immerhin war der damals schon weit über zwanzig, mitten im Winter auf einem schmalen Bergweg hinterhergestiefelt war, nur weil sie herauskriegen wollte, was es bedeutete, wenn er ihr bisweilen kichernd erzählte, er müsse noch der Marie im Marterl seinen Dienst erweisen. Ausgerechnet also im tiefsten Winter verfolgte sie ihn durch zum Teil tiefen Schnee. Immer in Deckung, immer darauf bedacht genügend Abstand zu halten, indem sie sich hinter verschneiten Bäumchen und Büschen, alten Holzpoltern und herabhängenden Ästen voller Schnee oder dem ein oder anderen Felsvorsprung versteckte.

Neben dem Marterl blieb er stehen und brabbelte ein paar Sätze mit gefalteten Händen, die sie nicht verstand und sie trotzdem fast zum Kichern brachten. Sein Kinn dabei fast auf die Brust gedrückt. Sie äffte ihn mit wippendem Kopf nach und meinte, von ihm entdeckt worden zu sein, als ein Ast unter ihr knackte und er plötzlich nach links schaute. Doch gleich darauf sah er wieder auf das hellblaue Kästchen und in der Minute darauf war ihr klar, was er gemeint hatte. Denn er riss sich die Mütze vom Kopf, knetete sie sekundenlang zwischen seinen Fingern, schob sie in eine Hosentasche, nestelte an seiner Kleidung herum, zog den Gürtel aus seiner Hose, schob ein paar Schichten dicker Hosen bis zu den Knien runter und Hemd, Weste und Jacke bis unter die Achseln rauf, zurrte diese mit dem Gürtel über dem dürren, bubenhaften Brustkorb fest, damit nichts davon herunterrutschte und kurz darauf sah sein zuvor etwas schrumpelig wirkender Schniedel aus wie der gerade von Georg. Da hielt sie sich genauso die Hände vor den Mund, weil sie Angst hatte schreien oder kotzen zu müssen, und sah dennoch gebannt auf den bibbernden, rosahäutigen Johann, dessen schnelle Hände und zuckenden Unterleib, als ein, zwei, drei, vier milchige Fontänen aus der Spitze seines Dingsbums' herausspritzten und unters Marterl klatschten.

Daniela drehte sich wieder um. Sicher darin, wie sie nun ihre Hand benutzen müsste und sah im Ansatz der schlagenden Bewegung, die für Michaelas Bub gedacht war, dasselbe bei ihm. Hektisch, mit einem fluchenden Glucksen in der Kehle und immer noch etwas außer Atem versuchte er mit einem irren Gehampel und seinen Händen zu retten, was zu retten war. Besudelte aber nur seine Finger, die halb unter dem Bett liegende Hose, ein Bein von Michaela und eine Ecke des Teppichs. Immerhin war das nicht in ihrer Tochter gelandet, kam Daniela in den Sinn und ließ ihre Hand sinken.

„Zieht euch an! – Und du verschwindest!", befahl sie stattdessen leise und scharf. „Wir sprechen uns noch! Darauf kannst du dich gefasst machen."

„Åb'r Mutti …", versuchte Michaela zu protestieren und bedeckte sich, inzwischen unsinnigerweise, als wenn es jetzt noch etwas zu verbergen oder ungeschehen zu machen gäbe, mit Georgs Unterhose.

„Nichts da! Du hast sie ja nicht mehr alle", schrie sie fast und um irgendwas zu tun, was ihre Autorität wieder in Kraft setzen würde, griff sie nach dem Stoff auf Michaelas Schoß und warf ihn hinter sich in den Flur. Georg, nun im Unterhemd, hatte das Arsenal aller Bewegungen ausgeschöpft und sah erst seiner fliegenden Unterhose hinterher und dann Daniela verdattert an, stotterte etwas wie „Die brauch ich aber noch!" und „Frau Staller, es ist nicht so, wie Sie denken" und „Es ist ja nichts passiert" und „Scheiße" und „Darf ich mal vorbei?" und noch mal „Scheiße!" und anderes, lauter unsinniges Zeugs. Damit quetschte er sich, die Hände über seine endlich schwächer werdende männliche Jungenhaftigkeit gestülpt, an Daniela vorbei. Am liebsten hätte die in diesem Moment seinen blanken und hübschen Hintern versohlt. Und das nicht nur ein bisschen.

***

Frühstück. Halb sieben. Ohne *Ö3*. Ohne Obst. Ohne Ei. Ohne Multivitaminsaft. Ohne die sonst üblicherweise mit Schokocreme und Marmelade vorbereiteten Brötchen und das Vesper für die Schule. Selbst den Kaffee musste sie sich selber machen. Trotzdem glaubte Michaela an einen Waffenstillstand. Seit einer halben Stunde war nichts von ihrer Mutter gekommen. Kein strafender Blick. Keine Standpauke. Nicht ein Sterbenswörtchen. Nur das Klirren und Scheppern des Frühstücksgeschirrs war zu hören. Die kleine Ungeschicklichkeit von gestern Abend war wohl durch. Irgendwann musste ja auch mal das große Leben hier Einzug halten. Woher sonst kamen so viele Kinder auf die Welt? Sie war ja auch so ein *Produkt*. So mümmelte sie zufrieden an ihrem selbst geschmierten Nutellabrötchen herum und wollte anfangen über den toten Alois zu reden. Was ein geschicktes Ablenkungsmanöver hätte sein können. Gab es doch so viele Geschichten über ihn und auch sie wusste von denen einige zu erzählen. Diese rasten ohnehin schneller durch den Ort als Brände durch die Wälder des Wilden Westens oder Wasser den hiesigen Fluss hinunter. Grinsend wollte sie die erste zum Besten geben und bemerkte etwas zu spät, dass Daniela sie mit viel zu ernstem und vor allem verheultem Gesicht beobachtete.

„Also immer, wenn ich bei Jürgen bin?"
Verblüfft schaute Michaela auf. Ihre Antwort kam wie so oft unkontrolliert und daher viel zu schnell:
„Vielleicht mācha wir's dånn sogar zamm?!"
Im gleichen Moment war sie froh darüber, den Tisch zwischen sich und Mutter zu haben. Denn diese hatte sich plötzlich über das Frühstück gebeugt und ausgeholt, aber für deren angesetzte Ohrfeige war der Abstand doch zu groß.
„Mutti, mei, 's isch doch nix passiert ..."
In anderen Situationen hätten ihre großen dunklen Augen nun alles erreichen, fordern und sogar verlangen können.
„Nichts passiert ... Glaubst du etwa, es macht Spaß, die eigene, grad mal fünfzehnjährige Tochter ..." Ihr fiel kein passendes Wort ein und sie wedelte mit einer Hand. „... und dann noch auf dem Teppich."
„Håt dir des Bett bess'r g'fålln?"
„Werd nicht frech!", zischte Daniela, holte ein weiteres Mal aus und funkelte Michaela an.
„Du wårsch erschd siebzehn, als du mit dem Dati ...", protestierte die aber.
„... und was daraus geworden ist, weißt du nur allzu gut."
„Ach na, i bin iatz also an Unfall od'r 's Kaskind od'r so wås wia 'n Bastard? – It g'wellt und unerwünscht?" Michaela spielte die Entrüstete. Wohlgemerkt *spielte!* Wusste sie doch im Prinzip genau, was Daniela seitdem aushalten musste und bislang alles für die verbliebene kleine Familie tat. Trotzdem schlug sie mit der flachen Hand auf den Tisch und stand auf. Ihr Alter rief trotz aller mütterlich gerechtfertigten Einwendungen unlenkbar zum hormonell gelenkten Protest auf.

„Des isch also dei Mutterlieb!? – Prima! Wunderbar! Danke, dass i des o amål erfahre! – Tschuldige, dass i dei Leba stör."
Das hatte gesessen. Und die anschließende Ohrfeige von Daniela auch. Eine zweite folgte tränenüberströmt.
Wortlos.
Zunächst.
Dann:
„Sechs Wochen Hausarrest!"
„ – "
„Keine Widerrede!"
„Und meine Freunde und Schulkameraden?"
„Ich glaub, das gestern reicht auf Jahre!"
„Und dia Schauspielgruppe?"
„Ausnahme."
„Und Peters Hochzeit?"
„Pech gehabt!"
„Åb'r du geasch hi?"
„Das hättest du wohl gern?! Und damit ne sturmfreie Bude?!"
Jetzt waren es Michaelas Augen, die funkelten. Und die überlegte, wie weit sie den Bogen jetzt noch spannen könnte. Doch dann gab sie auf. Ohne ein weiteres Wort stand sie vom Tisch auf, griff nach ihrer Tasche, ging zur Garderobe und anschließend zur Haustür. Daniela sah ihr vorwurfsvoll zu und wäre am liebsten hinterher. Wieder hatte Michi nur diese dünnen Leggins und diesen schrecklich kurzen Minirock an. In der Tür stehend drehte sich Michaela noch mal um und drohte:
„Dånn suach i moan Dati und zieh zu ihm hi!"
„Den findst in Kanada."
Mit einem wüsten Fluch und einem zornigen, fast aggressiven „Ich hasse dich!" fiel die Tür ins Schloss. Damit war die Sache für Michaela erledigt und vergessen.

Für Daniela selbstverständlich nicht. Sie starrte mit tränennassen Augen auf den leer gewordenen Platz gegenüber. „Willkommen im Klub", flüsterte sie und „Und plötzlich sind sie fünfzehn. Rebellieren aus heiterem Himmel. Bringen Jungs und schlechte Noten mit nach Hause und hassen ihre einst geliebte Mutter". Als diese fühlte sie sich in diesem Augenblick nicht mehr und beschloss, mit ihrer eigenen Mutter darüber zu sprechen. Dann nahm sie ihre volle Tasse Kaffee und pfefferte sie voller Zorn durch den Raum in Richtung Küchenspüle. Während des Fluges verteilte sie den Inhalt, als wären zehn Liter darin, und zerschellte mit einem heftigen Knall an der Kante der metallenen Theke in unzählige Teile.

Warum klappt's bei anderen und bei mir geht immer alles schief?

XII. Kapitel

Daniela sah teilnahmslos auf das Chaos. Ganze Heerscharen von Gedankensplittern flogen durch ihren Kopf. Lauter Hilf- und Ratlosigkeiten. Lauter Aufforderungen und Erwartungen. Putzen, waschen, Essen kochen, ihr den Arsch hinterhertragen und Sorgentröster, wenn es in der Schule nicht klappte oder bei vermeintlichem Herzeleid. Das waren bisher die selbstverständlich entgegengenommenen Betreuungsmaßnahmen. Ohne dass sie dabei das Gefühl hatte, die geliebte Mutter zu sein. Und jetzt nicht nur die bisher vorsichtig und verständnisvoll Aufklärende, in der Hoffnung dem Kind die Wiederholung der eigenen, allzu früh und schlecht gemachten Erfahrung zu ersparen, nein, jetzt auch noch live dabei, wenn der erste Sex geschieht. Und diese Variante hatte nichts mit Blümchen zu tun. Nichts mit Dr. Sommer aus alten Zeiten oder neuem Fingerspitzengefühl. Und das mit gerade mal fünfzehn. Sie griff sich an den Kopf und kurz darauf zerbrach die nun einsam und dadurch nutzlos gewordene Untertasse mit einem wütenden Aufschrei am Tischeck in mehrere Scherben.

Ja! Ja! Ja! Okay! Auch sie selbst, Daniela, war einst blöd gewesen und ließ sich, nur zwei Jahre älter als Michaela, von ihrem Freund so lange bequatschen und befummeln, bis sie endlich weichgekocht war und sich auszog. Drei Wochen vor ihrem Achtzehnten kam das Kind zur Welt und wenn sie es durch die Gegend schob, schauten alle im Dorf ihr mit erhobenem Finger hinterher, weil sie natürlich die Schuldige dafür war. Immerhin war Achim fünf Jahre älter und sooo vernünftig. Heiratete sie sogar, wofür sie hätte dankbar sein müssen, obwohl sie in den Augen aller ihn hinters Licht geführt hatte. Trotzdem spielte er den treu sorgenden Vater. Zwei Jahre gab es dadurch den Himmel auf Erden, doch dann war der Alltag mit den Lobhudeleien aus dem Dorf und vor allem mit ihr zu langweilig geworden und er zog es vor, mit dieser sommersprossigen Steffi zunächst den ein oder anderen, später jeden Abend zu verbringen. Die musste es draufhaben oder die besseren Tricks kennen, denn auch nach zwei weiteren Jahren war er immer noch Feuer und Flamme für sie. So sehr, dass er am entscheidenden Tag alles um sich herum vergessen hatte und Daniela ihn zu Hause zusammen mit Steffi unter der Dusche erwischte. Genauso in voller Fahrt. Irgendwie hatte sie wohl die Unglücksfälle für solche Situationen gepachtet.

Damals blieb sie auch stumm, obwohl ihr Kopf voll war mit Verweisen, Verwünschungen und Vorhaltungen. Doch nichts davon schaffte es vor bis auf die Zunge und machte ihrer Seele damit Luft. Obwohl ihr Millionen Vokabeln dafür eingefallen waren. Aber in Krisen war sie schon immer genauso sprachlos geblieben wie in Momenten der schönsten Euphorie.

„Als wenn du noch nie jemanden aus 'ner Bierlaune heraus geküsst hättest", verspottete Achim ihre Reaktion, nachdem sie die beiden keine vier Wochen zuvor schon in den Ratsstuben im Gang zu den Klos erwischt hatte. Nur halb verdeckt von einer der Türen. Bereits da wurde dieser Bierlaunenkuss von seiner rechten Hand unter dem Stoff von Steffis Jeans, zwischen deren Beinen, und Gegluckse begleitet. Doch statt irgendetwas zu entgegnen, zu schreien oder auf ihn einzuschlagen und ihn sogar umzubringen, was ihr spontan durch den Kopf geschossen war und vielleicht einige dann sogar noch verstanden hätten, drehte sie sich um und glaubte, wenn sie das, was sie gerade gesehen hatte, aus ihrem Kopf verdrängte, wäre es nie geschehen.

Diese zwei plus zwei Jahre waren nun seit über zehn Jahren vorbei. In diesen zehn Jahren war sie mit Michaela auf sich allein gestellt. Geld kam von ihm natürlich keines. Nur Haus und Auto hatte er zurückgelassen. Für das Auto gab es ein paar Tausender und für das Haus zahlte sie keine Miete. Seine Eltern, in Stellvertretung von ihm, vermieden tunlichst jeden Kontakt oder auch nur eine Forderung zu stellen. In diesen zehn Jahren hatte sie gehofft, ihrer Tochter alles entgegengebracht zu haben, was sie zu einem *normalen* Mädchen machen würde. Falsch gedacht! Sie musste Michaela zumindest in den letzten Monaten ziemlich aus den Augen verloren haben, obwohl sie immer glaubte, sie eigentlich wie eine Glucke zu bewachen. Wie sonst konnte ihr das wieder passiert sein?

Aber in diesem Fall war es augenscheinlich nicht Georg, der Michaela dafür breitschlagen musste, sondern ihre Tochter selbst hatte ihn herausgefordert, bezirzt und verführt. Michaela war in viel zu vielen Dingen ihrem Vater Achim zu ähnlich geworden. Der kannte auch nur seinen Willen und Egoismus, mitsamt dem nötigen Vokabular dafür. Und dessen Ausreden. Ohne Vernunft und Verstand. Der Apfel fällt halt nicht weit vom Stamm. Da spielte es auch keine Rolle, oder erst recht, dass er damals eine Stunde später mit Sack und Pack verschwunden und ein paar Tage danach mit dem gemeinsamen Sparbuch in Kanada gelandet war. Mit einer Postkarte kündigte er Monate später an, für alles geradestehen zu wollen. Darauf wartete Daniela heute noch. Auch auf eine zweite Karte. Auf ein Lebenszeichen, das auch Michaela mitteilen würde, dass sie einen Vater hatte, der zwar spät, aber nun doch begann, an sie zu denken und für sie sorgen zu wollen. Und mit dieser Karte wenigstens den ein oder anderen Gruß an sie ausrichtete.

Erst seit dem vorletzten Sommer, als Jürgen wegen eines tiefen und blutenden Schnitts in der Hand, den er sich durch eine Ungeschicklichkeit zugezogen hatte, so lange im Wartezimmer sitzen musste, dass er mit ihr zu erzählen anfing und seine Einladung zum Abendessen bald zwei Stunden später logisch war, durfte sie sich nicht nur als sitzengelassene und alleinerziehende Mutter, sondern auch wieder als Frau fühlen. Und Michaela machte weder davor noch danach den Eindruck, ihren Vater sonderlich vermisst oder etwas gegen Jürgen zu haben. Im Gegenteil, sie schien sogar von dem neuen Mann im Haus angetan, ja, sogar hingerissen zu sein, und war alles andere als schüchtern, wenn sie sich mit ihm unterhielt. Saß Jürgen, was selten genug geschah, mit beim Frühstück oder Abendessen, zog Michaela vom Leder und quatschte, man konnte auch sagen, flirtete regelrecht mit ihm. „Schad, dass du keine Kinder hast! Jetzt hab' ich nicht mal 'ne Schwester oder 'nen Bruder dadurch abbekommen. Aber ihr wisst ja sicher, wie's geht? Gut genug siehst du auf jeden Fall aus dafür", meinte sie mit einem frechen Augenklimpern an einem Sonntagmorgen. Und Jürgen klimperte zurück.

Zitternd stand Daniela auf und ging mit buchstäblich verschwommenem Blick in die Küche. Was sie besonders schmerzte, war nicht einmal, dass ihre Tochter, wenn auch viel zu früh, mit Jungs herummachte und das auch noch vor ihren Augen, sondern, dass sie Michaela mit einem Schlag und unvorbereitet als Kind verloren hatte. Jetzt war sie ein Mädchen, das ihr obendrein dieses „Ich hasse dich!" ins Gesicht schrie. Eines, das unmittelbar danach die Türe zuschlug und sie einfach verließ und damit ein weiteres Eingreifen, Beiseitestehen oder Verständnis fürs Erste zunichtemachte. Mit einem Mal waren die Probleme der Pubertät übergroß und unlösbar geworden.

Nachdem sie sich mit einem Handtuch das Gesicht getrocknet und die Nase geputzt hatte, fing sie mit abgestumpfter Ruhe an, das von ihr verursachte Durcheinander zu beseitigen. Der Kaffee war an manchen Stellen in breiten Schlieren die Wände heruntergelaufen und gerade dabei den hellen Kiefernholzrahmen der Küchentür dunkel zu färben. Obwohl die Spüle aus Edelstahl war, hatte die Tasse im letzten Augenblick ihres Daseins eine Delle und einen Kratzer in ihr hinterlassen. Daniela sah es und zuckte mit den Schultern.

Eine Stunde später nahm sie das Telefon und rief Jürgen an:

„Roggmann?!"

„Ich bin's."

„Nanu! Was ist passiert?"

Sofort hörte er die Aufgebrachtheit in ihrer Stimme.

„Ich hab' dich gestern fast vergessen."

„Mir scheint ganz", gab er ein wenig lachend zurück, „macht aber nichts. Na ja, fast! Haselberner hat dann gemeint, mich bis Mitternacht unterhalten zu müssen."

„Tut mir leid, aber ich ... Mein Gott, ich bin nach Hause gegangen, mach die Tür zum Kinderzimmer auf und hab Michaela beim ... Scheiße! Ich trau's mich gar nicht zu sagen." Einem Schluchzer gleich seufzte sie und sah vor ihrem geistigen Auge den letzten Schwung von Georgs Hintern über Michaelas Schoß, hörte deren „Oooh!", bevor er wie von einer Tarantel gestochen aufsprang – und ihr fiel dann doch nichts Passenderes ein als: „... du wirst es nicht glauben ... beim Bumsen überrascht."

„Michaela? – Du machst Witze? – Ach du Scheiße!" Roggmann war perplex. „Die ist doch grad erst fünfzehn geworden."

Daniela schnaufte ein weiteres Mal tief durch, weil sie ansonsten wieder zu heulen angefangen hätte.

„Scheint sie nicht sonderlich gestört zu haben. Und dann noch mitten in ihrem Zimmer auf dem Boden. Damit man sie auch richtig sehen kann. Ohne Decke, ohne ... Scheiße! – Und was mach ich jetzt?"

„Ich glaub, ich hätte ihr ein paar geschallert", war seine spontane Antwort.

„Wollte ich auch, aber ich stand nur da und war total blockiert."

„Schockiert würd' ich sagen, das trifft's wahrscheinlich besser. – Wir werden sie uns vorknöpfen müssen."

„Wir?"

„Sie tanzt dir auf der Nase herum."

„Aber nicht dir ..."

„Ich weiß auch, dass ich nicht ihr Vater bin." Er klang etwas ungehalten. „Aber jetzt bin ich der Kerl im Haus und sie wird das noch eine Weile ertragen müssen."

Eine Weile? Wie das klang! Die nächsten drei Wochen? Oder Monate? Wenn's gut lief, Jahre? Sie spürte, dass sie zitterte. Halb aus Wut und Enttäuschung, halb aus Frust über ihre Ahnungslosigkeit.

„Nur eine Weile?", versuchte sie zu unken, damit er sich nicht weiter empörte und sie auf andere Gedanken kommen würde.

„Maximal fünfzig Jahre."

Er kannte sie gut genug, um sofort darauf einzugehen.

„Dann bist du fünfundneunzig."

„Und Michaela mehrfache Großmutter, wenn sie so weitermacht."

„Mir wäre wichtig, wenn sie *jetzt* keine *junge* Mutter werden würde!"

„Genau deshalb werden wir sie uns vorknöpfen."

„Was hast du vor?"

„Hausarrest und Nachhilfeunterricht."

„Hausarrest hat sie schon."

„Am besten bis nach den Sommerferien."

„Sechs Wochen. Sakra! Und was für 'nen Nachhilfeunterricht?"

„Bilder von jungen Müttern zeigen und ihr in den Ferien Babysitten aufs Auge drücken, damit sie weiß, was sie erwarten könnte."

„Ich bezweifle, dass das wirkt. Was machen wir, wenn sie schon schwanger ist?"

„Keine Ahnung. Vielleicht sollten wir mit ihr sicherheitshalber zu einem Arzt."

„Aber nicht zum Wanner, meinem Chef! Meine lieben Kolleginnen kennen nämlich keine ärztliche Schweigepflicht, die sind wie der Wegner und sein *Tagblatt!*"

„Soll ich kommen?"

„Weiß nicht. – Hinterher meint sie, ich hätt's nicht allein im Griff und hol mir Beistand bei dir."

„Dann wüsste sie immerhin, wie es in Zukunft aussehen könnte."

„Mit Autorität hat das aber nichts zu tun."

„Diese Art von Autorität hat in diesem Dorf noch nie was genützt."

XIII. Kapitel

„Und ich hab' den Alois ja noch gesehen!" Erschüttert schüttelte er den Kopf.

„An dem Abend?"

Roggmann stand neben dem riesigen Fendt und sah zu Markus hoch.

„Na, in der Nacht, als er auf der Brücke war."

„Auf der Oberen Brücke?"

„Ja doch. – Ich bin nach dem Schneefall mit dem Fendt noch mal unterwegs gewesen."

„Und da hat er dagestanden?"

„Wir haben sogar noch kurz miteinander gesprochen."

„Über die Runde im *Bären*?"

„Über die Sitzung im Rat."

„Na, dann hat er sich ja bei dir beschweren können."

„Eigentlich nicht. Drei Stund hätten s' diskutiert, über den größten Blödsinn der Welt."

„Das Schwimmparadies. Drei Stunden. Wie im *Bären*. – Und da ziemlich betrunken", erwiderte Roggmann leise und kratzte sich am Kopf.

„Ist mir gar nicht so aufgefallen. – Sauer war er. Ich hab' noch gefragt, ob es deshalb was Besonderes gab, aber er hat nur gemeint, es wär *wia ålba g'west.*"

„Wia ålba? Sonst nichts?" Roggmann schaute Markus verwundert an.

„Sonst nichts."

„Keine Namen? Kein Geschimpfe? Nichts über das Schwimmparadies?"

„Nur grantig wie immer. Du kennst ihn doch."

„Und dann bist wieder weiter?"

„Ja! Hab' noch g'schaut. In beide Spiegel hier, als er gewunken hat. Weil der Schlepper ja so ein unübersichtliches Ungetüm ist mit all dem Montierten. Aber er war plötzlich verschwunden. Links wie rechts. – Und am nächsten Tag lag er doch da unten. Moanst, des kennt a Selbstmord g'west sei?"

„Der Alois?" Roggmann zog die Stirn kraus und schaute die Straße entlang. *Nein, Selbstmord auch nicht*, sagte er zu sich selber, *schon gar nicht an so einer Stelle. Das macht man anders.* Im gleichen Moment sah er von weiter hinten den blauen Toyota vom Dieter das lange gerade Stück Straße angeschossen kommen. Kaum dass der aber den Bezirksinspektor erkannt hatte, trat er auf die Bremse, hob lässig die Hand und grinste dumm, als er an den beiden vorbeifuhr.

„So ein blöder Hund!", fuhr's Roggmann raus. „Irgendwann krieg ich den auch noch. Rast hier rum wie hirnamputiert …" Dann wieder mit einer guten Portion Wut zu Markus, dem Toyota mit einer Hand hinterherzeigend: „Der da macht Selbstmord, wenn er so weiterrast. Reicht's nicht, dass wir vor Weihnachten erst einen Kumpel von ihm begraben haben?"

Markus sah dem Dieter hinterher, der nach dreißig Meter den Motor schon wieder aufheulen ließ und mit der nächsten Kurve aus ihrem Blickfeld verschwand.

„Komisch ist das aber schon. Der muss ja dann noch mal zur Brücke zurückgekommen sein. Aber warum?"

„Ich rätsel auch noch. Hast ihn etwa mit deiner Schar rübergeschubst?", lachte Roggmann ins Führerhaus hoch.

„Des hat i g'secht![6] Aber der stand ja nicht vor der Schar, sondern neben mir. – So wie du."

„Ich mein ja nur", winkte Roggmann ab und blickte das Ding von links nach rechts an, „vielleicht hat er doch noch jemanden getroffen?!"

---

[6] Das hätte ich gesehen!

„... der ihn reingeschmissen hat?" Markus schüttelte wieder den Kopf.

„So in etwa", entgegnete Roggmann mit einem gequälten Lächeln.

„Mein Gott, wer käm' da infrage?"

„Jeder und keiner."

„Schmelgner, Ziefler, Turler, Nessler. Sind ja die aktuell Auserwählten."

„Ach was! Niemals!"

„Was machst du jetzt?"

„Überlegen ..." Roggmann nahm die Mütze ab, fuhr sich durch die Haare und kratzte sich zur Abwechslung hinten am Kopf. „... und dann alle verhaften. – Außer Kindern, alten Frauen und Jungs unter vierzehn Jahren."

„Dann mal viel Erfolg."

„Danke", sagte Roggmann, hob eine Hand zum Abschied und schloss die Fahrertür mit einem Schubs. Markus ließ den Traktor anfahren. Die Schneeketten spannten sich rasselnd um die Reifen und sofort schrammte die Schar über den nur noch stellenweise vereisten Asphalt. Das Ungetüm schien dabei vor schierer Kraft an jeder Ecke zu ächzen und zu klappern. Roggmann ging einen Schritt zurück und sah dem Konstrukt nachdenklich hinterher. Schiere Technik in Überbreite. „Und ich hab' den Alois ja noch gesehen", hatte Markus gesagt. Demnach sonst niemanden. Das machte die Sache nicht einfacher. Markus bog derweil nach links ab. Der Fendt schepperte und klapperte dabei wirklich nicht schlecht, als wären ein paar Sachen lose. Vielleicht sollte Markus mal ein paar Schrauben anziehen.

Er drehte sich um und studierte die sogenannten örtlichen Gegebenheiten, wie man es ihnen damals in den Lehrstunden der Polizeischule eingetrichtert hatte.

Wer? Wie? Wann? Wohin? *Aber er war plötzlich verschwunden.* Noch so eine komische Aussage von Markus. Denn verschwinden konnte man hier hinter nichts in unmittelbarer Nähe. Da stand kein Schuppen, kein Verteilerkasten und kein Haus. Nicht mal ein dicker Baum. Das nächste Haus war das der Seulnerin, in dem sie und Mehmet Sultan mit seiner Familie wohnten. Und das stand mindestens dreißig Meter weit weg. Alois *muss* also hinter dem Schlepper gewesen sein. Und dann? Hatte er doch abgewartet, bis er glaubte unsichtbar zu sein, und dann Anlauf genommen?

Roggmann verzog grübelnd das Gesicht, nahm wieder die Mütze ab und fuhr sich nochmals durch die Haare. Machte ein paar Schritte in die Mitte der Brücke und nahm selber Anlauf. Die verschneite Bordsteinkante übersah er allerdings. Stolperte deshalb, verlor mit dem Gleichgewicht die Mütze aus der Hand und fiel der Länge nach hin. Sein Kopf landete nur Millimeter neben dem Geländer. Eine Sekunde später auch seine Mütze. Er starrte das Ding im Schnee an, spürte seine kalten Hände und fluchte. Dann entschied er, Alois wäre sicherlich auch gestolpert und am Geländer hängen geblieben.

XIV. Kapitel

Max und Toni hockten in der Werkstatthalle auf einem mit allen möglichen Farben verkleckerten Brett, das sie über zwei Bierkästen gelegt hatten, und machten Brotzeit. Mit vollem Mund unterhielten sie sich über allerlei Dinge, als ob nichts passiert wäre, was ihnen größere Sorgen bereiten könnte. Sogar der nächste Urlaub war Thema. Doch genau der musste abgestimmt werden. Also kamen sie auf Alois, ihren verstorbenen Brötchengeber, zu sprechen und prompt kam so was wie leichte Unruhe auf:

„Håt sei Frau scho wås g'sågt?", wollte Toni wissen.

„Na, die hat gerade andere Sorgen", war Max' Antwort.

„Vorerst haben wir ja auch noch was zu tun", meinte Toni und wies mit einem Daumen hinter sich, wo ein Hänger und zwei Heuwender zur Reparatur standen. Morgen wollte der Walcher vom Winkelhof aus dem oberen Teil des Tales noch seinen alten Steyr-Traktor zur Inspektion vorbeibringen. Zumindest für den Rest der Woche gab es also Arbeit. Und was die nächsten Tage brächten, würden sie dann schon sehen. Zurzeit war ohnehin Ruhe. Wie jedes Jahr im Winter. Wer was brauchte, kam kurzfristig. Die Maschinen und Zugfahrzeuge wurden ja nicht gebraucht. Schnee wollte keiner ernten und die Tiere in den Ställen fraßen keine Traktoren. Deshalb auch die Urlaubsplanung, die nun allerdings jäh ins Stocken geraten war.

„Und Alois macht ja nur noch seine Stammkunden", fügte Toni hinzu.

„Machte!", korrigierte Max und meinte: „Ich sprech' nach der Beerdigung mal mit der Huberin."

„Wir können ja ein Zeichen setzen, die Werkstatt streichen und die Fenster mal richten, dann sehen s', dass wir weitermachen."

„Die Farbe kaufen wir aber dann in der Stadt. Vom Ziefler heißt's, er sei vielleicht in die Sache verwickelt. Wer weiß, was dann die Leut reden?!"
Toni schaute verwundert und hörte auf zu kauen. So sah sein Gesicht ein bisschen dümmlich aus.

„Des haben s' aber schnell herausgefunden."

„Noch nicht ganz. Die sind grad dabei."

„Der Ziefler?" Toni klatschte sich auf die Schenkel. „Mei!"

„War in meinen Augen nur eine Frage der Zeit."

„Weil sich die zwei im Rat dauernd streiten?"

„Weil sie sich gegenseitig nicht die Butter auf dem Brot gönnen!"

„Da sind die zwoa åb'r it alloa."

„Den Ziefler håt er trotzdem gera weg k'håt."

„Des isch doch alles dumm!"

„Aber streiten und anschreien tun sie sich dann doch. Egal wie dumm so was ist."

„Und warum glaubst du, dass das nur eine Frage der Zeit war?"

„Nicht unbedingt mit dem Ziefler. Vielleicht auch wegen ..."

„Ja ...?"

„Der Huber hat erzählt, dass der Erwin Fuchs unten im Tal eine Lizenz für die ganzen Deeres kriegt und dass er sich dann, wenn das durchkommt, verschießen könnt."

„Und jetzt moanst tatsächlich, er hätt sich ... na, das passt it!"

„Im Rat haben s' ihm nicht erlaubt zu vergrößern, im Gegensatz zum Ziefler", meinte Max schulterzuckend. „Der hat jetzt seinen Anbau. Und was er reinstellt, kontrolliert keiner. Das ist doch wie ein Freibrief für den Fuchs. Der repariert dann nicht nur, sondern verkauft auch alles. Nicht nur Landmaschinen und Schlepper."

„Ein Autohaus hat der ja auch schon."

„Und was fährt im Tal herum? – Koreablech. Hast ja selbst so was."

„Kann ich auch reparieren."

„Trotzdem. Alois wollte immer unabhängig sein, damit er es allen recht machen konnte. Danken tut's ihm keiner. Neu hätte er bauen müssen."

„Aber alle zerreißen sich das Maul und zoagen mit dem Finger auf ihn."

„Woaßt, wås des kost? A Neubau? A Million is nix!"

„Vielleicht hätt er den Vertrag von Fendt doch unterschreiben sollen."

„Dann wäre er von denen abhängig g'west. Frei kalkulieren kannst da nicht. Da bekommst sogar die Preise für die Schrauben vorgeschrieben."

„Und die Farbe für's Tor", ergänzte Toni.

„Eben! – Des isch nix. Wenn es keinen Steyr, Deutz oder Massey mehr gibt, reparierst halt den Fendt vom Markus oder den alten Unimog vom Stuber. Unabhängig ist besser."

„Auch für uns."

„Eben ..."

„Ich häng die alten Emailleschilder neben's Tor." Er stand auf und fischte ein rotes, verbeultes Blech mit einem hellblauen Schlepper aus einem Regal. „Hier! Wir haben ein paar, des macht was her."

Max nickte und wedelte mit einer Hand:

„Das hat der Alois können. Der kannte jeden Motor. Und jetzt denk dir, da hat einer Platz geschaffen!? – Dafür! Dann tät's passen. Und ich sag dir, da fallen mir nicht nur Fuchs oder Ziefler, sondern auch eine ganze Menge andere schnell ein."

Toni schaute Max erschrocken an. Mord war etwas, was er nur aus dem Fernsehen, den Nachrichten im Radio und der Tageszeitung kannte, wenn's um große Städte ging. Aber hier im Tal? Gab's überhaupt schon mal eine außergewöhnliche Leiche? Mit Kripo und Polizei? Er überlegte und klopfte sich an die Stirn. Ja, in Otterbach hatte man im letzten Jahr eine Frau gefunden. Im *Hotel Rose* in ihrem Bett. Friedlich soll sie ausgesehen haben. Entspannt. Die bisher einzige Parallele zum Alois. Wie sich später herausstellte, hatte sie in der Stub' am Abend zuvor allein ihren Vierzigsten gefeiert. Aber keiner wusste da Bescheid. Auf dem Nachttischchen dann eine ganze Apotheke mit Schlaf- und Beruhigungsmittel, neben einem halb vollen Humpen Zwetschgenschnaps. Aber sonst? Alle Toten, die er kannte, waren normal gestorben oder zu schnell unterwegs gewesen, wie sein Bekannter im letzten Jahr. Erst im Straßengraben und dann in einem Baum ist der gelandet, weil er aus dem Wagen geschleudert worden ist und sich dabei das Genick gebrochen hatte.

„Na, wenn, dann war es ein Selbstmord. – Wenn überhaupt!", meinte Max deshalb auch und schloss den Deckel seiner Vesperbox.

„Das mit dem Streichen finde ich auf jeden Fall eine gute Idee. Denn wer weiß, leicht möglich, dass wir das Ganze hier übernehmen können?!"

„Er hat doch Kinder?", wand Max ein.

„Sind doch nur Töchter." Toni lachte laut auf und zeigte auf die Maschinen hinter sich. „Die wollen an so was sicher nicht schrauben und sich die schönen Finger schmutzig machen."

„Na, i woaß it?! Da gibt's nämlich no so a Gschicht."

„Vo der woaß i wied'r nix."

XV. Kapitel

Der etwas kugelige Franz-Herbert Korte rutschte auf die Bank am Treseneck vom *Teufelstopf* und bestellte sich ein großes Bier. Seit knapp einer Woche war dies sein Stammplatz in der Kneipe bei der Talstation und er fühlte sich schon wie seit Jahren daheim. „Griaß di!" und „Pfiat di!" waren bereits selbstverständlich und in ein paar Tagen könnte er sicher auch etwas zu Sabines Figur im Dialekt sagen. Aber auf diesem Platz war es auch so schon gut auszuhalten. Denn hinter dem vollen Glas versteckt, schaute er ihr zu, wie sie Gläser polierte und parallel ein paar Biere zapfte, oder doch eher auf ihren Hintern, weil der ihm so gut gefiel. Besonders in diesem Outfit, das sie nur deshalb anhatte, weil es ihr bei diesem Betrieb in normaler Kluft viel zu warm wurde.

Dann wanderte sein Blick zu den Fenstern hinaus. Draußen, etwas abseits, stand Erna mit riesigen Moonboots, dicken übergroßen Handschuhen und einer viel zu russischen Fellmütze und präsentierte *nackert*, wie ein Tisch voller neugieriger und daher stieläugiger Einheimischer meinte, die neueste Bademode für den Winter. Die riesigen Reflektoren, die mitsamt den Sonnenstrahlen sie ins rechte Licht rücken sollten, waren als Sichtschutz nicht besonders geeignet. Im Gegenteil, nun war sie aus allen Blickwinkeln bestens ausgeleuchtet. Was den Fotografen dazu anspornte, aus jedem dieser Winkel nicht nur ein Foto, sondern gleich mehrere zu schießen. Nach drei, vier Klicks setzte er die Kamera ab und positionierte sie nur um wenige, kaum sichtbare Millimeter korrigiert und logischerweise ständig mit seinen Fingern an ihrem Körper ein wenig anders. Der Bikini oder wie auch immer dieser knappe Stoff heißen mochte, sollte seine Wirkung im Katalog und auf der Internetseite ja nicht verfehlen.

Natürlich bremsten auch die herabsausenden Abfahrer auf null runter, bevor sie zum Lift glitten und es wieder den Berg hinaufging, und standen deshalb hinter dem Absperrband mit großen Augen und abgenommener Skibrille, nur, um möglichst viel mitzubekommen. Erna tat, als kümmerte sie das nicht, und konzentrierte sich eher darauf, ihr Frieren nicht zu zeigen. Ein angesichts der unter dem knappen und dünnen Oberteil spitzen Brüste nicht ganz gelingendes Unterfangen. Egal wie sie in die Kamera schaute.

War ein Ober- und Unterteil zusammen mit ihrem wirklich überaus ansehnlichen Körper unter ihren langen und wallenden blonden Haaren abgelichtet, durfte sie zum Missfallen aller Zuschauer in ein Zelt, in dem sie, von dicken warmen Decken eingehüllt, wieder auf Temperatur gebracht wurde und natürlich unter Ausschluss der Öffentlichkeit das nächste Modell anziehen durfte. Auch als Ehemann war Korte in dem blickdichten weißen Ding unerwünscht.

Vor drei Jahren hatte er sein Imperium, wie er zu jedem hier im Tal zu sagen pflegte, bestehend aus mehreren gut gehenden Würstchenbuden und Frischfleischtheken für über acht Millionen verkauft, Erna aus den Fängen einer dubiosen Modelagentur gerettet und sie zu seiner neuen Frischfleischtheke gemacht. Auch, wie er zu sagen pflegte. Dann allerdings laut lachend und sich währenddessen auf seinen Bauch schlagend. Seitdem nannte sie sich Serena von Falkenberg, war ungeheuer erfolgreich und blieb dennoch für ihn seine Erna. Gerade war die nächste Serie im Kasten und der Tisch mit den Männern ging vom Tuscheln über sie zu dem gerade wichtigsten Thema des Ortes über.

„Des hätt' wås geben, wenn er's erfahren hätt'!", meinte einer von ihnen und zeigte mit dem Daumen aus dem Fenster.

„Iatz tu doch it so, als sei Alois dr Papst g'west."

„Na, verbieta wollt er scho recht viel."

„Aber selbst die größte Werkstatt haben wollen."

„Ist ja zu verstea bei der Konkurrenz."

„Dia kånnsch åb'r it verbieta!"

„Regeln håt er åb'r gera g'måcht für di."

„Im Rat håba s' ihm jå drum an Riegel vorg'schoba."

„Vor allem dr Gschwendner Hannes und dr Bürgermeister, heißt's."

„Moanst, des håt er iatz davo? Od'r wia?"

„'s kannt sei."[7]

„Mei ...", schüttelte der andere den Kopf.

„I glob it. Des isch a Unglück g'west", der dritte.

„Wer håt an Nutza davo?"

„Alle, die so an Bauplatz wollen."

„Wia dr Fuchs – zum Beispiel."

„Dem seis isch gruaß genug, då ko er a Fabrik drauf bauen."

„Koa Wunder. Er håt jå o mindestens zwölf Zantimeter aufgschüttet."

Ein dröhnendes Gelächter erfüllte nun den Raum.

„Wann geht's wieder heimwärts für euch?", fragte Sabine halb neugierig, halb, um dem Blödsinn da drüben nicht weiter zuhören zu müssen.

„Morgen gibt's noch ein paar Aufnahmen auf der Hängebrücke und dann bleiben wir noch drei, vier Tage, denke ich", antwortete Korte, die Augen fein säuberlich auf ihren verlängerten Rücken geheftet. *Ein, zwei Wochen wären auch nicht schlecht,* dachte er dabei.

---

[7] Es könnte sein.

Erna trug ja auch des Öfteren solche Leggins, doch deren Anblick war ja inzwischen nicht mehr allzu ungewöhnlich und daher normal, aber dieser Po da war eine besondere Wucht unter dem dünnen Stoff und das Beste, was er bisher im Tal gesehen hatte. „Aber ich glaube, wir müssen mal im Sommer wiederkommen." Dann ist aus den dünnen Leggins sicher ein kurzer Rock geworden.

„Und das ist wirklich deine Frau?", fragte Sabine und guckte auf Kortes Bauch. Der nickte und schielte auf den Schwung in ihrer Hüfte.

„Mein lieber Mann, so eine Figur hätte ich auch gerne!"

Franz-Herbert Korte grinste und erwiderte:

„Warum? Die Leggins da stehen dir aber ausnehmend gut!" Fast war ein Schnalzen zu hören.

„Danke!", meinte Sabine und drehte sich mit ihrem rot gewordenen Gesicht zum Zapfhahn. „Ein paar Kilo weniger wären mir recht."

Sie stellte die vollen Gläser auf ein Tablett und ging damit zu einem Tisch.

„Was ihr immer habt! Ist doch genau richtig", rief ihr Korte halblaut hinterher. Vor allem in dem Licht. Er überlegte ernsthaft, wie er wohl für einen Moment in den Genuss kommen könnte, dieses gute Stück an seiner Hand zu spüren, als draußen Erna wieder aus dem Zelt kam. Oranges Oberteil mit Fransen und gleichfarbiger Slip mit einem Bund, der wohl an einen Cowboygürtel erinnern sollte. Dazu wieder diese Stiefel und ein riesiger Hut. Grausam! Erna sah nicht glücklich aus. Korte entschied, diesen Kataloganbieter als Auftraggeber in Zukunft rauszulassen.

„Was ist hier eigentlich passiert?", fragte er Sabine, nachdem sie hinter die Theke zurückgekehrt war, sich bückte und der Stoff ihrer Leggins wunderbar die Pofurche modellierte. „Ist da einer ermordet worden?"

„Heißt es, aber ich weiß nicht. Ich hab den Huber nicht besonders gut gekannt. Der war nur im *Bären*. Deshalb bin ich lieber still." Mit ihrem Kopf nickte sie in die Richtung der Männer. „Jeder von denen schwätzt was anderes."

Verschwörerisch beugte sie sich zu Korte über den Tresen und offerierte ihm dadurch nun einen bemerkenswerten Blick in die Tiefen ihres Shirts. *Natürlich im Teufelstopf oder ist dir schon heiß genug*, stand vorne drauf.

„Und jeder von denen kennt schon die Hintergründe und wenigstens ein, zwei Täter", ergänzte sie. Wissend, dass seine Konzentration in diesem Moment nicht auf ihre Antwort ausgerichtet war. *Hätte er nicht so einen fulminanten Bauch, könnte man sich ja mit einer kleinen Sünde beschäftigen,* dachte sie, gönnte ihm noch eine weitere Sekunde, ohne weiter darüber nachzudenken, und drehte sich dann doch ganz langsam zur Seite. Nein, der brauchte sie nicht, der hatte ja seine Mahlzeit dabei. Und die sah wie Vorspeise und Dessert in einem aus.

„War demnach ein hohes Tier", stellte er fest.

„Na, hier gibt's außer den Gipfeln nichts, was hoch ist", schüttelte Sabine den Kopf, „der Rest ist Wunschkonzert. Und für so eines ist die entsprechende Liste schon ganz schön lang."

Korte tat, als hätte er eine Ahnung, und nickte. Die Augen auf alles geheftet, was Sabine ihm gerade fast unverhüllt offeriert hatte.

„Und was steht dann so drauf? Auf so 'ner Liste?"

„Lauter Sachen, die den Nachbarn neidisch machen könnten ..."

Dann bückte sich Sabine wieder, um aus einem Kühlfach eine neue Flasche Schnaps zu holen. Die Hose rutschte dabei mindestens eine Handbreit ihren Po hinunter. Genau unter Kortes Augen.

„… oder Lust auf mehr", ergänzte er.

XVI. Kapitel

„Du hättest ja auch allen Grund?!", meinte Geisler zum Turler. Vielmehr provozierte Geisler den Turler.

„Spinnsch iatz?"

„Hast du nicht damals für die Freien, diese Rechten, in den Rat wollen?"

„Ja! – Nein! – Ja! – Blödsinn!"

„Also was? War doch so, oder?" Geislers Augen blitzten.

„Und? Alle anderen haben sich ja nie getraut etwas zu sagen."

„Na, aber der Huber war auf jeden Fall derjenige, der oben raus und dir übers Maul gefahren ist. Von wegen: Unser Tal braucht keine Radikalen."

„Ist schon gut. Hab's dann ja auch gelassen. – Um des lieben Friedens willen." Turlers Ton zeigte, dass er es doch gern getan hätte, eben wegen dieses Friedens.

„Mit solchen Typen im Rücken hättest du dich vermutlich getraut, überhaupt mal was zu sagen."

„Suchst du Streit?"

„Nein. Nur einen Grund."

„Du spinnsch ja tatsächlich."

„Sieh's nicht so eng. Tut doch grad jeder. Einen suchen. Einen finden. – Und einen kennen, der einen Grund hat."

„Weil ich seinerzeit die Wahrheit gesagt habe?"

„Welche Wahrheit?" Geisler schaute ihn verwundert an.

„Wega der Türgga zum Beispiel. Des reicht, dass wir an haben.⁸"

„Jetzt spinnst du. – Wenn alle so wären wie der, hätten wir eher weniger Probleme."

---

[8] Es reicht, dass wir einen haben.

„Welche Probleme haben wir denn?" Nun hatte Egons Ton etwas Herausforderndes.

„Zum Beispiel das, dass alle im Dorf in so einem Fall aufeinander losgehen, als wäre man kurz vor einem Krieg."

„So ein Dorf ist immer schon eine Notgemeinschaft gewesen. So eine Art Zwangsheirat. Oder glaubst du unsere Vorfahren wären hier hin, weil sie eine WG gründen wollten? – Vorher haben sie den ein oder anderen noch ausgeschaltet. Oder zumindest nicht geweint, wenn ein Esser weniger mit ins Tal kam."

„Du bist ja ein richtiger Philosoph?!"

„Ich glaub nur nicht an Liebesheiraten in einem Dorf."

„Sondern?"

„Das müsstest du doch am besten wissen. Du kennst doch die ganzen Geschichten."

„Und so eine spielt jetzt auch eine Rolle?"

Turler verzog das Gesicht. Sicher war er nicht. Aber bei dem, was gerade an Geschichten alles erzählt wurde, musste eine davon die wahre sein.

„In der betreffenden Sammlung haben wir die Varianten: Betrug, unerfüllte Wünsche, andauernder Neid, hochfliegende Pläne. Alles ewig nässende Wunden. Zu allen passt die Todesfolge im Affekt. – Möglicherweise."

„Möglicherweise."

„Und wenn wir schon dabei sind, du hättest doch auch Gründe genug."

„Gründe genug? Du hast sie ja nicht alle!"

„Hast du dich nicht immer über den großen Rechthaber lustig gemacht? Und gesagt, der Rat könnte sicher schneller ohne ihn vorwärtskommen, wenn er nicht so langsam wäre wie seine Traktoren?"

XVII. Kapitel

„Kind! – Daniela, also deine Mutter, hat mir alles erzählt." Bedeutungsschwanger schüttelte Michaelas Oma den Kopf.

„Dånn darf i iatz o numma zu dir kemma. Od'r wia?"

„Sei nicht dumm, du weißt, dass das nicht stimmt", entgegnete Oma mit einem säuerlichen Gesicht, „du kannst kommen, wann du willst!"

„I moan jå nur."

„Deine Mutter war auch mal jung. – Aber sie will nicht, dass du die gleichen Erfahrungen machen musst wie sie. – Das ist ja wohl zu verstehen, oder?"

„Eh, ålba dia salbe Gschicht mit 'm Dati!"

„Es ist halt so! Er war und ist ein Vagabund. Hat ein Mädel gemacht und es im Stich gelassen. Trotz all der Liebe, die er anfangs versprochen hat. Das hat *allen* wehgetan."

„I daat niemand etwas versprechen."

„Und wenn der Georg dir jetzt auch ein Kind gemacht hat? – Da brauchst vorher niemandem was versprechen. Keine Treue. Keine Liebe. Keine Ewigkeit." Sie wurde still und sah an Michaela vorbei, zum Fenster hinaus oder auf das Bild, das daneben hing. Die Fotografie mit Opa und ihr. In Schwarz-Weiß. Aus Zeiten, die Michaela nur aus Erzählungen kannte. Aus dem letzten, ihr unbekannten Jahrhundert. Eine alte Erinnerung schien emporgekommen zu sein. Leise fuhr Oma fort:

„Du flacksch oafåch då. Nach am Bier. Nach am Bussl. Måchsch ihm scheana Oge. Und des Kind håsch. Überall. Im Bauch, im Leba, im Weg."

Michaela wurde zum ersten Mal rot und schaute auf den Boden. Das Bild des Abends war für sie alles andere als versöhnlich oder tröstend. Wie Georg da in ihrem

Zimmer umeinandersprang und dann auch noch ... Dabei dachte sie, es sei nur die nächste Stufe von Zärtlichkeit, die halt dazugehört, wenn man nicht nur Händchen halten will. Wie beim Kirchtag im Herbst im letzten Jahr. Er saß hinter ihr in der kleinen Achterbahn. Wie auf einem Motorrad. Ganz hinten. Im letzten Wagen. Zugegeben ein bisschen angeheitert. Aber so lieb. Schon den ganzen Abend. Eine Minute und fünfzehn Sekunden. Seine Hände schoben sich, als es steil in den siebten Himmel hinaufging, an ihren Schenkeln entlang unter ihr weites Dirndl, das sie extra zur Feier des Tages angezogen hatte. Es ratterte und klapperte. Der Wagen ruckelte hin und her. Seine Finger nicht. Die wussten, was zu tun war. Begaben sich auf eine andere Himmelsreise. Die kitzelten und krabbelten. Auf halber Höhe schon unter der Strumpfhose. Michi kicherte und hielt sie fest. Durch den Stoff. Ihr Kopf an seine Schulter gelehnt. Oben dann eine Hand unter ihrem Schlüpfer. Sie hörte auf zu kichern und wunderte sich, als es beinahe schwerelos mit gefühlter Schallgeschwindigkeit bergab ging.

Ab jetzt war es ungehörig. Unanständig. Das tat man nicht. Es war anstößig. Es war schamlos. Es war verboten. Bauerfeind hob im Unterricht einst mahnend die Hand. In ihrer Zeitschrift mahnte der schlaue Doktor, zu verhüten. Da fallen einem die Haare aus, mahnte Opa und zeigte lachend auf seine Glatze. Nach dreißig Sekunden sagte Michaela „Nein! Georg! Nicht! Lass!" und „Is des geil!" und drückte sich, unten angekommen, mit dem nächsten Schwung nach oben seiner Hand entgegen. Nach dem zweiten Bergab ließ er los, weil es ihn in der gleich folgenden Kurve hart gegen den Rand geschlagen hatte. Leider. Es war sündig. Es war komisch. Es war warm. Es war schön. Zehn Sekunden später lagen seine Hände auf ihrem Bauch. Über ihrem Kleid. Züchtig. Unschuldig. Als sei nichts geschehen. „In a paar Wochen werd i fünfzehn", hauchte sie an seinem Gesicht hoch: „Dann! – Schea isch g'west!" Etwas wackelig stieg sie aus.

„Åb'r vo a Mål streichla geit's jå no koa Kind", wendete sie leise ein und fuhr sich sacht mit einer Hand über den Bauch.

Omas Lächeln blieb unvollendet.

„Dånn hätt's vielleicht dei Mama nit gegeben."

„Åb'r ..."

„Ja, Madel, damals waren die Zeiten noch anderschter."

„I daat so gera auf Peters Hochzeit gea, moansch, du kånnsch a guats Wort für mi einlega?"

Jetzt gab es gar kein Lächeln mehr. Im Gegenteil, Omas Stirn war nun voller Falten. Wieder sah sie zu dem Bild. Was konnte darin für eine Antwort enthalten sein? Hoffentlich eine gute. Michaela auf Peters Hochzeit. Aber das mit diesem Vorspiel? Mit all dem, was ihre Tochter damals erlebt hatte, mit dem ganzen Theater um Alois und dem Georg und dem, was jetzt im Dorf an Geschichten kursierte? Sie blickte Michaela lächelnd an. Trotzdem würde sie mit Daniela sprechen.

„Ich weiß zwar nicht, ob das eine gute Idee ist, aber ich werd sie fragen."

„Danke!" Michaela sprang auf, umarmte ihre Oma und die sagte:

„Pass bloß auf!"

„Oder er."

„Ma – del!"

XVIII. Kapitel

Roggmann wollte mehr wissen. Seine Kollegen im Fernsehen waren doch auch immer so schrecklich neugierig und kümmerten sich um die Details des Vorlebens eines Opfers. Unverhofft oder doch mit einer längst vorhandenen Ahnung machten sie sich auf, um diese erstens bestätigt zu bekommen und zweitens die Genugtuung dafür zu spüren. Und innerhalb eines Abends war der Fall gelöst. Also! Auf! Er ging durch das weit offen stehende Tor und wunderte sich darüber. Als wenn er was davon verstünde, betrachtete er kurz dessen Beschläge. Natürlich waren die in Ordnung. Die beiden gehörten nur nicht dem ständig frierenden Teil der Bevölkerung an. Max sah ihn, nickte ihm zu und gerade als Roggmann ihm eine Hand auf die Schulter legen wollte, ließ der die Kette etwas zu schnell los und der zu reparierende Heuwender donnerte mit verdächtig lautem Getöse auf den Boden. Der Bezirksinspektor zuckte zusammen und ließ die Hand unten. Stattdessen fragte er mit Blick auf das Metallkonstrukt vor sich:

„Hat die Huberin schon etwas gesagt?"

„Na, die hat gerade andere Sorgen", war Max' Antwort.

„Vorerst habt ihr ja auch noch was zu tun", meinte Roggmann und wies mit einem Finger auf das Ding vor sich. Von dem er nicht wusste, ob es so aussehen musste, damit es funktionierte. Und ob es funktionierte, nachdem es jetzt so aussah.

„Das hält's aus", beantwortete Max die ungestellte Frage.

„Ist euch am Huber in letzter Zeit was aufgefallen?"
„Na! Der war sogar normaler als sonst."
„Ah! Ich versteh! – Was heißt das?"

„Er hat manchmal sogar gelacht", pflichtete Toni bei.

„So knorrig und zugeknöpft war der doch gar nicht?!"

„Nun, viel geredet hat der hier aber auch nicht. Man wusste nie, ob man's ihm recht gemacht hatte." Roggmann lachte.

„Warum soll es euch besser gehen als dem Rat?"

„Da hat er aber meistens recht gehabt! – Ziefler, Nessler und Co. haben doch immer nur dagegengehalten", regte sich Max auf, „ohne Grips im Kopf, ohne Verstand …"

„… dem Alois haben sie dreimal seinen Antrag abgelehnt. Dem Nessler nicht einen und ihr Schwimmparadies haben sie ruckzuck durchgewunken. Ohne Widerstand! Alle! Was sollte Alois da noch groß reden?" Toni regte sich nicht minder auf.

„Ihr kennt also auch … so gewisse … Kandidaten?"

„Dass er numma leba tuat?"

„Zum Beispiel."

„Vo dena geit's a Haufe!"

„Das macht es mir nicht einfacher."

„Und die lassen alle hier ihre Sachen reparieren."

„Auch in den letzten Tagen?"

„Auch in den letzten Tagen! Erst letzte Woche Freitag war der Turler da, der ist zwar kein Bauer, aber damit er seine Wiese im Vorderfeld mähen kann, bringt er seinen alten Hobel immer zu uns. Und wenn's nur zum Schmieren ist."

Roggmann nickte, knetete sein Kinn und schaute sich in der Werkstatt um. Modernisieren wollte der Huber. Zu Recht! Was er sah, schien nicht nur uralt, sondern auch in großen Teilen hinfällig zu sein. Die Wände zogen unten Wasser und vertrugen durchaus eine Sanierung und dann einen neuen Anstrich. Die Ketten über ihm rosteten. So wie Teile der Hebebühne. Gut, die Teile waren deshalb noch nicht ganz kaputt, aber sie gehörten zumindest gewartet, angestrichen und instand gesetzt. Und eng war's auch. Zwischen dem Heuwender und der Wand zum Fluss waren höchstens vierzig Zentimeter Platz. Nicht viel, wenn man sich bücken musste, um an etwas heranzukommen. Das konnte schnell in eine Turnübung ausarten. Darüber hinaus standen überall Dosen, Eimer und undefinierbare Teile herum. Ordnung sah für ihn anders aus, aber er hatte auch nicht den blassesten Schimmer, wohin all die Sachen hätten geräumt werden können.

Er ging zu einer der Dosen hin, die auf dem Boden stand, auf deren Deckel eine ausgedrückte Zigarettenkippe. Er nahm sie in die Hand und las den Text neben dem gelben Warnzeichen: *Achtung explosiv! Nicht in der Nähe von offenen Flammen benutzen! Nur mit Atemschutzmaske zu verwenden!* Na, Prost Mahlzeit. Einmal im Fluss gelandet und die Fische könnten eine Party feiern. Roggmann hielt Toni die Dose entgegen. Der aber machte ein unschuldiges Gesicht und meinte:

„Gehen Sie mal zum Ziefler ins Lager. Da würden Sie staunen, was da so rumsteht. Das ist noch drüben in Donauwörth giftig. Sie glauben gar nicht, was heutzutage alles zum Beispiel auf Holz gepinselt wird."
Roggmann stellte die Dose wieder hin.

„… und was habt ihr vor?"

„Weitermåcha. Wås siesch?[9]", fauchte Max.

„Uns nimmt doch keiner", ergänzte Toni, „die Asiaten wollen nur speziell geschultes Personal – und zu alt sind wir denen auch."

---

[9] Was sonst?

„Zu alt?" Der Bezirksinspektor schaute ihn überrascht an. „So viel Erfahrung, wie ihr habt, hat doch sonst keiner hier im Tal."

„So viel, wie wir deshalb dann auch verdienen wollen, gibt uns aber keiner."

„Die sind ja ganz schön blöd!", kommentierte Roggmann. „Aber darüber können Turler und die anderen ja eigentlich froh sein."

Max und Toni zuckten zusammen mit den Schultern.

„Wenn's denn hier weitergeht."

„Ich werd's der Huberin empfehlen."

„Und wer war's jetzt?", hakte Max nach.

„Keine Ahnung. Ich sag schon die ganze Zeit: keiner. – Aber alle anderen haben weiß Gott wie viele Vermutungen, Unterstellungen und Erklärungen für einen Schuldigen. Nebst Namen. Mehr als unser Telefonbuch kennt."

„In ein paar Tagen ... ach was, Stunden, haben Sie dann sowieso alle Namen im Ort durch." Toni kratzte sich am Kopf. „Was wollen Sie da machen?!"

Roggmann lächelte.

„Vielleicht sollte ich zur Abschreckung einen verhaften und abwarten, ob nicht einer kommt, um denjenigen rauszuhauen, weil er's besser weiß."

„Und mit wem fangen Sie an?"

Roggmann bückte sich und sammelte ein paar Schrauben vom Boden auf, nahm sie in beide Hände, die er zu einer Kugel formte und schüttelte diese.

„Zieh eine und sag einen Namen!"

„Was hilft's? Tot bleibt tot."

XIX. Kapitel

Das Brautstehlen war in jeder Hinsicht danebengegangen. Schon seit zwei Stunden hockte der größte Teil der männlichen Hochzeitsgesellschaft mit der durch diverse Bierchen ruhig gestellten Braut, statt wie abgesprochen im Ratskeller zu Holzbach, in den Braustuben des Nachbarortes. Ein schöner, weil nicht erwarteter Umsatz für den Holder Gerd. Auch weil er schon ein weiteres Fass anstechen musste. Doch allmählich beschlich ihn der Verdacht, dass er später alles mit einem Blick in die Toiletten bereuen würde. So ließ er die Schaumkronen höher und die Menge des Bieres in den Gläsern weniger werden. Und die Schnapsflaschen erklärte er für leer. Gleich würde er im Festsaal anrufen und sich nach den Befreiungsvorhaben für die Braut erkundigen. Zumal er nicht mehr ganz sicher war, die richtige Anzahl von Strichen auf den Bierdeckeln vor sich zu haben.

Dem Zeiner Franz seinem Bruder, also dem Karl, war dies alles einerlei. Dessen Sohn war seit einiger Zeit dabei, den Zustand seines Hirns herauszufinden, die Menge der Gliedmaßen nachzuzählen und zu überprüfen, ob dann, wenn denn alles genügend vorhanden war, endlich die Braut eingefangen werden konnte. Karl hatte währenddessen alle Hände voll zu tun, seinem Sohn den Sinn eines solchen Tages beizubringen.

„Du blamierst dich am wichtigsten Tag deines Lebens", zischte Karl ihm ins Ohr, „reiß dich zusammen und geh los, bevor hier jedem dazu eine Geschichte einfällt! Das hier ist dein Hochzeitstag und nicht eines deiner üblichen Besäufnisse!"

Die erste Antwort war ein Rülpser, die zweite ein unverständliches Brabbeln unter glasigen Augen. Erst die dritte bestand aus Wörtern:

„Reg dich ab, Vater!", meinte er und ließ dabei ein weiteres Rülpsen hören. Peter hatte schon genug damit zu tun, dass Silvie, seine Braut, bereits im zweiten Monat schwanger war und hoffentlich nicht noch Vroni, mit der er im letzten Sommer, überraschenderweise vollkommen nüchtern, eine Nacht am Plansee verbracht hatte und in den letzten Wochen immer wieder mal zusammen war – und die er heute viel lieber geheiratet hätte. Geweint hat sie. Viel sogar. Und die Silvie umbringen, wollte sie auch – und aufs Fest kommen, natürlich nicht. So war sie jetzt auch nicht da, wo alle mit Silvie unterwegs waren und sein Portemonnaie leer saufen taten und er Zeit gehabt hätte, mit Vroni zu tanzen oder unten im Gang in einem Eck ein wenig oder mehr zu poussieren.

„Wirst deine Schwiegertochter schon noch häufig genug sehen", schnaubte er seinen Vater plötzlich unerwartet klar an, „die kommt nach Haus, da brauchst keine Sorge haben – und wird mein Geld für's Kind holen wollen."

Dabei klatschte er sich auf seinen Bauch. Der Zeiner Karl schluckte, hockte sich auf, suchte im Festsaal nach Rosie, seiner Frau, weil er gerade sofort kapiert hatte, Großvater zu werden, und sie es auch erfahren sollte, als der Vater von der Vroni, der Geisler Josef neben ihnen auftauchte und meinte:

„In den Braustuben hâba s' der Sylvie das Brautkleid zerrissen."

„Was? Das Brautkleid zerrissen?", echote Karl, noch nicht sonderlich erbost.

„Ja, der Holder hat angerufen und erzählt, dass der dalkerte Johann ihr unters Kleid gegriffen hat, zwischen die Beine, weil er sehen wollte, ob das Strumpfband richtig sitzt. Und dem Holder seine Vorräte hâba s' auch ausg'soffen."

„Was verzählst?", warf Rosie hinter ihm ein, wie aus dem Nichts war sie aufgetaucht. „Diese Deppen! Karl, du kommst mit. Dem Zauber muss ein Ende bereitet werden. Und du bleibst hier und unterhältst deine Gäste."
Karl gehorchte, schloss seine Jacke, hielt anschließend eine Hand auf und sagte seinem Sohn:

„Gib mir dein Geld. Einer muss ja dafür geradestehen. Sowohl für Kind wie für Schulden. Also zahlst du das mit deinem. Der Rest hier ist teuer genug."
Rosie nickte komischerweise nicht in diesem Moment. Sie war froh, Karl aus Josefs Fängen befreien zu können. Vielleicht wäre ansonsten doch noch das Gespräch auf die Vroni und Peters wahren Gefühlszustand und womöglich damit die Geschichte mit ihr und *ihrem* Sohn herausgekommen. Denn unlängst fragte sie der Geisler:

„Hat dir Peter mal was von Vroni erzählt?"

„Warum?", stutzte sie und wusste in der gleichen Sekunde doch alles.

„Es gibt so Geschichten …", erwiderte Josef und schaute dabei an die Decke.
So Geschichten, dachte Rosie lächelnd und schwieg. *So Geschichten, wie die meine.* Geschichten, die mehr als dreiundzwanzig Jahre alt sind – und genauso stimmen. Damals trugen die Beteiligten den Namen Alois und den ihrigen. Und das Ergebnis hatte Gott sei Dank keinen weiteren Bruder, einen von Karl, ihrem richtigen Mann, der ihm *nicht* ähnlich sah. Das Ergebnis heiratete heute.

XX. Kapitel

Zwei Tage später war Ruhe im Dorf eingekehrt. Die meisten gingen sich aus dem Weg oder verließen, damit sie nicht Gefahr liefen, genau dabei ertappt zu werden, so selten wie möglich das Haus. Sogar Gertruds Laden besuchte man nur noch zum Einkaufen. Wohlweislich darauf bedacht, vorher mit einem Blick durchs Schaufenster abzuklären, wer womöglich in dieser Zeit auch noch auf den Gedanken gekommen war. So erfolgten die meisten Einkäufe in einer Grabesstille. Nur an Gertruds Kasse gab es bisweilen einen scharfzüngigen Kommentar.

„So weit sei mir scho kennt, koaner traut sich meah wås zu såga."

Oder:

„Man ist ja schon schier gar verdächtig, wenn man länger als zehn Minuten im Dorf unterwegs ist und jemanden grüßt."

Auch:

„Ich hab' ja gleich gesagt, es gibt da so Geschichten und wohin das führt, sieht man jetzt. Keiner traut mehr einem über den Weg."

„Magst 'nen Kaffee? – Ich hab' auch noch ein paar Stücke Linzer Torte."

„Besser nicht. Sonst heißt's, hier gibt es konspirative Treffen."

„So a Schmarrn!"

„Du kennst doch die Leut."

„Dia scho. Åb'r den Mörder no it."

„Der Roggmann tut auch nichts für die Aufklärung."

„Der sitzt im warmen Büro in der Stadt und telefoniert mit Daniela."

„Ein Mädchenkäscher, statt Mörderhäscher."

„Ich hätt' schon lang zwei, drei eingesperrt. Dann wär' eine andere Ruhe."

„Recht håsch. I woaß o scho, wen."

„Aber man derf ja nix sagen."

„Siegsch? So weit sei mir scho kennt!"[10]

Schon öffnete sich die Tür und der Nächste stand im Laden. Mit kurzem Blick zur Kasse und schnellen Schritten, um schleunigst aus dem Blickfeld von demjenigen an der Kasse zu kommen, damit es nicht hieß: *Was schaut der denn so neugierig?* Der hatte dann eine Handvoll Sekunden Zeit den Laden einigermaßen unbemerkt zu verlassen. Was er oder sie auch tat. So wiederholte sich über Tag gleich mehrfach das Stelldichein der Wissenden, die nicht gefragt wurden und nur an der Kasse ihre längst gemachte Aufklärung darbieten konnten.

„So weit sei mir scho kennt, dr Weber war's!"

„Der Schmelgner war's! Åb'r koaner traut sich wås zu såga."

„I woaß o scho, wen. – Dr Ziefler war's!"

„Dr Bürgermeister selbst war's."

„Magst' 'nen Kaffee? – Ich hab' auch noch ein paar Stücke Linzer Torte."

„Warum nicht?! – Das Leben geht weiter. Gib mir zwei."

Roggmann, der Gescholtene, lief derweil bereits zum dritten oder vierten Mal am Laden vorbei, weil er endlich herausfinden wollte, wie lang man denn nun benötigte, wenn man aus dem benachbarten *Einsamen Bären* zur Oberen Brücke ging oder stapfte oder schwankte oder taumelte, je nachdem, in welcher Verfassung man denn nun war. Nachts um zwei in der Früh. Doch jedes Mal wurde er von jemandem aufgehalten, der noch

---

[10] Siehst du? So weit sind wir schon gekommen!

nicht in den Laden konnte, weil dieser schon *besetzt* war. Jedes Mal wurde er in ein Gespräch verwickelt. Ohne Chance, diesem zu entkommen.

„Bist auf Streife?"

„Na, ich will etwas herausfinden", sagte er beim Ersten noch freundlich und beim Dritten oder Vierten schon eher genervt.

„Herausfinden? – Spielst also Detektiv?"

„So in etwa."

„Und was ist es heute?"

„Ich rekonstruiere den Abend – sozusagen."

„Es gibt ja genug Geschichten."

„Und wohin das führt, sieht man jetzt."

„Wia?"

„Friedhofsruhe im Dorf. – Keiner traut mehr einem über den Weg."

Mit einer großen Geste zeigte Roggmann auf den leeren Platz.

„Recht håsch!"

Zustimmendes Kopfnicken und schon war der Gegenüber weitergegangen. Bloß nicht jetzt noch weitere Analysen hören, die zu einem Vorwurf werden konnten. Denn sicher wollte Roggmann eigentlich noch so was wie „Reißt euch zusammen!" oder „Hört endlich auf mit den gegenseitigen Verdächtigungen!" sagen, aber die Chance dafür gab man ihm nicht. Und *wissen,* was sie *wussten,* wollte er auch nicht. Allein deshalb wollte jeder so schnell wie möglich weiter.

Nach dem letzten Versuch gab er auf und schätzte den Weg auf zwölf Minuten. Plus minus eine. So oder so, viel zu viele Minuten, um jemanden unerkannt zu verfolgen, nur weil man ihn anschließend ins Bachbett werfen will. Viel zu viele Minuten, um erst an der Oberen Brücke in Rage dafür zu kommen. Wenn ein Streit ausgefochten werden musste, fing man direkt vor der

Tür an und wartete nicht weiß Gott wie viele Hundert Meter für den Zorn, den man loswerden wollte. Die meisten Wirtshausschlägereien fanden vor der Tür und nicht in der Pampa statt. Und es hätte ohnehin erst recht viel zu viele Minuten, die man dort hätte warten müssen, gebraucht, bis Alois endlich vorbeikam. Der Letzte, der vor ihm den *Einsamen Bären* verlassen hatte, war beinahe eine halbe Stunde vor ihm losgegangen. Der wartet auch nicht bei so einer Kälte.

„Das war todsicher kein Mord", flüsterte er zu sich selbst und ging zum Polizeiposten hinüber. Haselberner hatte es wenigstens warm und auch immer was zum Knabbern. Vielleicht sogar auch einen trinkbaren Kaffee.

XXI. Kapitel

Maler Ziefler war außer sich. Mit hochrotem Kopf stürmte er fünf Minuten zuvor das Büro vom Haselberner. Der vor lauter Überraschung nicht mehr als Zieflers Vornamen zustande brachte. Gerade so, als läse er den Fahrplan, eine Speisekarte oder Gebrauchsanweisung vor.

„Marian."
Schon stand Ziefler am Schreibtisch und hielt ihm mit ausgestrecktem Arm sein Handy keine zwanzig Zentimeter vors Gesicht. Haselberner wich erschrocken zurück und schielte auf das kleine Display, in Erwartung darauf, nun eine weitere Grausamkeit, weiteres Ungemach, ja, sogar weiteres Blut zu sehen.

„Ich frag dich das Gleiche, was du da lesen kannst!", schnauzte Ziefler sein Gegenüber aufgebracht an. „Warum? Verdammt noch mal, warum?"
Haselberner kniff die Augen zusammen und sah Ziefler Kastenwagen abgebildet. Von der Seite aufgenommen. Vor dessen Haus. Adresse, Telefonnummer und Werbespruch – *Treib den Alltag aus deinem Haus mit unseren Farben raus* – deutlich zu erkennen. Darüber die von der Kälte zugefrorenen Scheiben. Irgendjemand hatte mit ungelenker Handschrift *WARUM?* in die dünne Eisschicht gekratzt. Und in der Tat, Ziefler hatte recht, das fragte sich Haselberner nun auch.

„Sind wir jetzt schon so weit, dass man mich denunzieren kann?", erboste sich Ziefler ein weiteres Mal. Er erhielt nicht mehr als einen völlig verdatterten Blick dafür und:

„Des ... Was? ... Wie kommst ... Seit wann?", stotterte Haselberner.

„Heute Morgen. – Im Dorf reden s' über mich wie auf einem Richtplatz."

„Na, isch it wåhr!", versuchte Haselberner zu beruhigen, stand auf und blieb hinter dem Tisch stehen.

„Wohl! – Der Gschwendner hat sogar die Straßenseite gewechselt, als er mich sah."

„So ein Depp!", bekam er zur Antwort und der Tisch die Faust zu spüren.

„Was habt's ihr eigentlich rausgefunden?"

„Nichts bisher. Gar nichts. Die Innsbrucker gehen von einem Unfall aus. Im Bericht vom Arzt steht nur das ... Wart mal!" Er kramte ein Blatt Papier hervor. „Tod durch Genick- und Schädelbruch. Offensichtlich ohne Fremdeinwirkung. Keine Spuren dafür feststellbar. – Das ist alles. Und dass er einskommavier Promille gehabt hat."

Haselberner wedelte mit den Blättern.

„Irgendwer muss also Blödsinn erzählen." Maler Ziefler ließ sich auf den Stuhl vor dem Schreibtisch sinken. „Seit zwei Tagen kommt keiner zu mir."

„Du kennst doch die Leut! Das Maul immer größer als das Hirn. Wenn er begraben wird und der Pfarrer sei Red hält, ist alles wieder wie immer. Nur mit einem weniger."

„Bis dahin geh ich auf die Kanaren, Malediven oder sonst wo hin. – So was halt ich nicht aus. Der Alois und ich haben uns immer gut verstanden. *Das* sollte jeder wissen."

„Tun sie doch auch. Aber wenn es was zu schwätzen gibt ... Du wirst sehen, danach haben sie alle wieder ganz kleine Köpfe, die hinten etwas jucken."

„Am Skihang stehen s' auch schon."

„Am Skihang stehen s' immer!"

„So a Gred! – Wås soll i måcha?"

„Lass sie reden und lächle. Vermutlich zerreißen sie sich morgen über jemand anderen das Maul."

„Mein Gott, was für ein Theater!"

In dem Moment öffnete Roggmann hinter ihm die Tür. Erst schaute dieser auf das sperrangelweit offen stehende Fenster und die Zigarette zwischen Haselberners Fingern – eigentlich hatte man sich mal darauf geeinigt, hier, im Büro, nicht zu rauchen – dann in das rot angelaufene Gesicht Zieflers.

„Marian."

„Warst auf Streife?", fragte Ziefler säuerlich.

„Was sonst? Ich hab' die Beobachtungspunkte für die Nachtwache ausgelotet", antwortete er süffisant.

„Zeig ihm das Foto!", forderte derweil Haselberner Ziefler auf.

Roggmann schaute kurz auf das kleine Bild, während Haselberner das Fenster schloss und dabei so tat, als sei es gar nicht offen gewesen oder wenn, gerade so mir nichts dir nichts aufgegangen.

„Das kann alles bedeuten." Er machte eine kleine Pause. „Warum kommst du nicht? Warum ist die Rechnung so teuer? Warum ... ach, was weiß ich. Vielleicht haben es Kinder geschrieben. Warum hab' ich eine Sechs bekommen? Schau dir die Schrift an!"

Der Bezirksinspektor sah Haselberner an.

„Im Dorf gehen sich angeblich schon alle aus dem Weg", erklärte der und meinte in Ziefler Richtung: „Unter Umständen hat aber jetzt jeder so ein Gekrakel."

„... oder immer schon gehabt!", grinste Roggmann. Dann zum Ziefler.

„Reg dich ab! Wenn in einer Stunde die Sonne scheint, ist's abgetaut. Oder nimm einen Eiskratzer."

Im Augenwinkel sah er Haselberner grinsen.

„Also, reißt euch zusammen und hört endlich mit den gegenseitigen Verdächtigungen auf! Ihr seid doch erwachsene Leute und nicht im Kindergarten!"

„Und wer hilft mir jetzt?", wollte Ziefler wissen.

„Beim Kratzen?", bekam er zurück.

XXII. Kapitel

Die Quelle der Lautstärke entsprang nun einer anderen Ecke der Gaststube. Am Stammtisch war es nämlich ungewohnt leise. Selbst wenn sie Karten spielten, ging's in aller Regel lauter zu. Aber im Gegensatz zu sonst saßen sie nur zu viert an ihm. Der Turler Egon, Geislers Josef, Klauber, der Lehrer, und mit halbem Hintern Paul, der Wirt, weil er immer wieder glaubte, hinter die Theke zu müssen. Doch Ferenc beherrschte den Zapfhahn auch alleine und brachte schon die nächste Runde.

„Vielleicht war's nicht ganz geschickt, dass ihr an dem Abend immer so gelächelt habt, wenn der Alois etwas gesagt hat", meinte Turler zum Lehrer.

„Nicht ganz geschickt? Wir haben uns über *euch* amüsiert, nicht über den Alois", gab der zurück.

„Wir haben doch nichts gemacht. Alois hat sich doch dauernd aufgeregt."

„Und ihr habt gestichelt", wusste Klauber.

„Ach was! Gestichelt. Der fing doch wieder mit seiner Werkstatt an."

„Ist ja auch irgendwie zu verstehen. Alle anderen machen *einen* Antrag und kommen durch und er macht jährlich einen und wird jedes Mal vor die Tür gesetzt."

„Nun ja, so wie der auch immer daherkommt."

„Trotzdem, da muss mehr gewesen sein. Inzwischen geht's nämlich auch bei der Jugend schon rum. Dein Georg hat der Michaela wohl was gesagt. Die hat das brühwarm wieder der Karin und beide zusammen haben's in der Schauspielgruppe erzählt", hakte Turler ein.

„Georg hat der Michaela ganz sicher nichts gesagt. Mein Georg ist ein anständiger Kerl. Woher will der auch was wissen? Und im Übrigen waren die keine drei Tage zusammen. Danielas Tochter ist doch nicht besser als ihr Vater und das mit gerade mal fünfzehn. Die geht grad zu jeder Haustür rein", wehrte sich der Herr Lehrer.

„Bei mir war sie noch nicht", beschwerte sich Turler grinsend.

„Alte Säcke sind ausgenommen."

„Von wem will die das dann aber haben?" Turler ließ nicht locker.

„Es gibt ja wohl noch ein paar Gerüchteküchen mehr im Ort. Vielleicht ist gerade der Kopf von Michaela eine. Der gehört der Hintern versohlt."

„Was du natürlich gerne übernehmen würdest", grinste Geisler.

„Meine Finger verbrenne ich mir woanders."

„Jetzt haben sie den Ziefler auserkoren."

„Auch so ein Hirngespinst, das die kleine Staller kundtut."

„Dann ist's doch ganz einfach und wir reden mit der Daniela. Als Mutter muss sie ihr Madl in die Schranken weisen."

„Und die Gschwendnerin ihren Mann, der Nessler seine Hiwis und …"

„Ist schon gut. Ich bin nur mal gespannt, wie die Beerdigung vonstattengehen wird."

„Wenn es überhaupt eine gibt."

„So ein Blödsinn! Es gibt immer eine – und wenn's im engsten Kreis der Familie ist. Aber vielleicht ohne Chor und Orgel."

„Das kann die Huberin nicht machen."

„Wirst gleich merken, ob sie uns oder die andren dabeihaben will."

„Morgen soll die Anzeige kommen. Dann lesen wir's."

„Haben Haselberner und Roggmann schon was gesagt?", wollte der Josef nun wissen.

„Schon ist gut! – Ich wart' immer noch darauf, dass sie rumgehen und fragen. So ist's irgendwie gespenstisch. Hast eine Leiche im Dorf und keiner will was wissen dazu", gab Turler zum Besten.

„Warum? Weißt du was?"

„So viel wir ihr, als wir an dem Abend hier gesessen haben."

„Ich sag ja, gespenstisch."

„Wie der Tag heute im Dorf. Sonne scheint und niemand ist zu sehen."

„Nur Skifahrer."

„Ja, vor allem die am Lift. Ich frag mich nur, wann das aufhört. – Und was dann los ist?"

„Des Leba geaht weiter. Wirsch scho seha."

XXIII. Kapitel

85 Grad brachten seinen Kopf auf Vordermann. Hitze hatte bei ihm den gleichen Effekt wie bei einem jungen Kerl die ersten Sprünge vom Zehnmeterturm, den es aber im ganzen Tal nicht gab und der somit, durch sein Fehlen, die Defizite bei den männlichen Jugendlichen aus der Gegend hier erklärte, die nämlich zumeist irgendwo herumhingen oder mit ihren sinnlos frisierten Autos die Straßen unsicher machten. Erst vor drei Wochen durften sie wieder einen aus dem Schrott eines alten, aufgemotzten Corollas herausschaben. Der Bub, gerade mal sechs Wochen zuvor mit dem Führerschein nach Hause gekommen, würde sicher noch einige Monate mit den Folgen zu kämpfen haben. Denn sein rechtes Bein hatten sie ihm regelrecht zusammenpuzzeln dürfen. Und erst das Entfernen der Verbände und des Gipses werden zeigen, ob sich darunter noch ein brauchbares Bein befinden wird.

Von draußen, durch die von Wassertröpfchen an manchen Stellen nicht ganz durchsichtige Tür, hörte er das lauter werdende Gekicher von mehreren jüngeren Frauen, wenn nicht gar Mädchen. Ein paar Sekunden später sah er sie deutlich genug vor dem beschlagenen Glas herumspringen. Sein polizeilich geschultes Auge stellte als Alter höchstens sechzehn fest. Das war zwar nicht ganz der Hausordnung entsprechend, kam aber hin und wieder vor. Er würde noch mal mit dem Gruber Hannes, dem Herrn des Hauses hier, in einer ruhigen Minute mal reden. Die jungen Gören testeten halt immer wieder unter all den Nackerten ihre Wirkung oder waren schon auf Suche nach entsprechenden Kerlen, Traummännern, die mittlerweile massenhaft in dämlichen Fernsehserien den Mädels den Kopf verdrehten oder die Werbeseiten von Zeitschriften zumindest mit einem blanken Oberkörper füllten. Trotz aller Träumereien, Versuche und Experimente in dieser Hinsicht waren solche Küken hier unten nicht *zugelassen*. Auch wenn es manchen potenziellen Gucker, er gab es ja zu, einschließlich ihm, schmerzlich treffen würde. Was die glühenden Männer auf der anderen Bank auf jeden Fall bewiesen. Und weil er in diesem Moment nicht besser war, stierte auch er hinaus. Glaubte nebenbei eine der Stimmen zu erkennen, aber er hatte ja schon Tausende Stimmen in seinem Leben gehört.

Die Blonde war die Mutigste und pellte sich ohne sichtliche Scham aus einem knappen gelben Teil. Schlenkerte dabei ihren Hintern hin und her und machte Faxen. Indem sie sich unter anderem mit ihren Händen auf den Hintern patschte. Mit etwas zusammengekniffenen Augen sah er auch den anderen Girls dabei zu, wie sie ihre Bikinis auszogen, ihr es kichernd und gicksend gleichtaten und sich vor lauter Übermut gegenseitig schubsten. Unter ihnen ein Mädchen mit auffallend langen dunklen Haaren und einem knallroten Stück, das sich nun langsam in ihren Händen zu den Knöcheln rollte. Danach schlangen sie sich Handtücher um die Hüften. Wenigstens das. Er schaute zu den Männern auf der linken Seite, die unruhig geworden das Geschehen vor der Tür verfolgten. Wenn sich die Tür öffnete, würden sie mit ganzer Kraft den Bauch einziehen. Meine Güte, die Girls von heute hatten wirklich eine gefährliche Optik. Egal, ob die Tür teilweise beschlagen war oder nicht. Die meisten von ihnen wussten das und spielten damit ein riskantes Match.

Dann machte die Erste die Tür auf und ihn traf der Schlag. Michaela. Das waren also die Auswirkungen von sechs Wochen Hausarrest! Mutter Daniela durfte heute bis spät abends in der Praxis arbeiten und die mit Hausarrest bestrafte Tochter drehte ihr eine Nase und führte trotzdem ein in jeder Hinsicht leichtes Leben. Begünstigt und beschleunigt vom Wissen jetzt, heute, in diesem jugendlichen Anblick – vielleicht tatsächlich nur durch ihr Alter – hübscher zu sein als ihre Mutter. Im Schlepptau die kleine, kompakte Birgit mit ihrem drolligen kugeligen Hintern, Karin, Michaelas ständiger Schatten, und, er glaubte nicht richtig zu sehen, Hürrem, von allen nur Hühnchen genannt, Mehmet Sultans Tochter. Ansonsten nur mit Kopftuch und in der Bugwelle ihres Vaters anzutreffen. Höchstens noch neben ihrer Mutter bei einem Einkauf. Züchtig ganzkörperlich verhüllt und zu Boden blickend.

Sofort schaute er zur Seite und legte sich, nicht nur wegen ihr, ein Handtuch über den Schoß. Er beugte sich vor, stützte seinen rechten Arm auf und verbarg das Gesicht hinter seiner Hand, so gut und unauffällig es ging. Durch die Finger beobachtete er das Quartett. Sobald sie saßen, würde er aufstehen und so tun, als wenn er sie nicht bemerkt hätte, und versuchen, so unauffällig wie möglich und ohne dass sie ihn erkennen konnten – vielleicht mit dem zweiten Handtuch über dem Kopf –, hinauszugehen. Nicht auszudenken, wenn ausgerechnet Michaela ihn sehen würde. Aber sein Plan war schon im nächsten Moment gescheitert. Ausgerechnet Hürrem ging zwischen den anderen Saunagästen, wohl nach einem Platz weit hinten suchend, geradewegs auf ihn zu und blieb abrupt einen Meter vor ihm stehen.

„*Anının amı!*[11] – Herr Roggmann! – Scheiße!"

---

[11] Türkischer Fluch. Unübersetzbar. Für ein anständig erzogenes Mädchen eigentlich unüblich. Erst recht in der Öffentlichkeit.

Roggmann schaute auf und was in Wirklichkeit vielleicht nur wenige Millisekunden dauerte, wurde zu einer Ewigkeit. Deren Inhalt unweigerlich zu einer Katastrophe führen würde. Er sah ihr Erschrecken, den Schock, werdende Tränen. Sah ihre Verzweiflung, das rutschende Handtuch, weil sie es nicht genügend verknotet hatte, ihren makellosen jugendlichen Körper, der dadurch vollends entblößt wurde und mit seinem Aussehen ein waghalsiges, nicht religionskonformes Versprechen abgab, das ängstliche Zittern ihres Körpers, rote Fingernägel vor ihrem Mund, den Hilfe suchenden Blick zu ihren drei Freundinnen, die das Wort nicht wert waren. Deren Hände, die sie ebenso vor ihre Münder hielten, die gierigen Blicke der zwei feisten Kerle links von ihm, nackte Dicklinge, vermutlich Touristen, da er sie nicht kannte, und die meinten ihre kleinen Weißwürste zur Schau stellen zu müssen, und: *Himmelherrgott, bei euch würd trotzdem nichts mehr funktionieren,* dann die Finger des einen, die er neben sich auf die Bank klopfte, – *Hier ist Platz, ihr Hübschen, kommt rüber* – und der gleichzeitig zur Seite rutschte, eine in weiß gekleidete Frau, die kurz nach den vieren hereinkam und einen Aufguss machte, der für diesen Moment die Atmosphäre zwischen Roggmann und Hürrem unerträglich werden ließ, und er hörte Michaela, die die Hand vom Mund nahm und dann den bescheuertsten Satz des Abends sagte:

„Fass sie bloß nicht an, du Lustmolch!"
Sein Kopf flog herum und sein Blick erstach sie, aber bevor er ihr etwas entgegnen konnte, fragte Hürrem mit kleiner Stimme:

„Sie werden mir doch nichts tun, oder?"
Roggmann sackte in sich zusammen und schüttelte den Kopf.

„So ein Quatsch, wie kommst denn da drauf? Ich knall höchstens nachher der Michi eine." Und dann zu Michaela gewendet: „Du bist ja nicht ganz dicht, wie?" Ausnahmsweise wusste die, was ihr wohl drohen würde, und hielt ihren Mund. Er griff nach Hürrems Arm und zog sie, rüder als er es beabsichtigt hatte, auf die Sitzbank neben sich. Dann fischte er ihr Handtuch vom Boden auf und legte es über ihren Schoß. Alles verfolgt von den gierigen Blicken der zwei anderen lustvoll grinsenden Kerle. Er schob sich mit seinem Körper zwischen deren Augen und Hürrems Körper und wendete sich ihr zu. Tief ein- und ausatmend betrachtete er sie und ahnte, warum sie wohl nicht ungestört in ihrer Heimat groß werden könnte. Nichts gegen Michaela und die anderen zwei, aber sie war mit Abstand dann doch die Hübscheste im Quartett.

„Mensch Hühnchen, was macht ihr denn hier?", zischte Roggmann leise: „Männergucken etwa? Die Klöpse da drüben machen doch alle Vorstellungen zunichte. Die verderben dir alles. Und Material in eurem Alter kommt nicht hierher. Das hängt in der Gegend rum."

Hürrems Antwort war nur ein Schulterzucken und glasige Augen.

„Dein Vater weiß das natürlich nicht, wenn mich nicht alles täuscht?"

Jetzt schüttelte sie den Kopf und schniefte.

„Aber ich weiß, was passiert, sobald er es von ihnen erfährt", flüsterte sie fast unhörbar.

„Er wird von mir keine Silbe erfahren. – Und wenn du sonst niemanden hier kennst, der meint, dich verpfeifen zu müssen ...?"

Sie wrang ihre Hände, nahm sie wieder auseinander, wrang sie andersherum und schaute sich, als müsse sie dies überprüfen, auf einem Nagel herumnagend um und schüttelte wieder den Kopf.

„Manche würden ihre Töchter höchstens zurück in die Türkei zu ihren Brüdern schicken."

„Und die verprügeln dich nach Strich und Faden?", ahnte Roggmann.

„Bisweilen passiert auch anderes ...", erwiderte sie schulterzuckend und zog geräuschvoll und daher unfein die Nase rauf. Ihre schwarzen Knopfaugen flehentlich auf ihn gerichtet.

Roggmann war versucht, seinen Arm tröstend um Hürrems Schultern zu legen und sie an sich zu ziehen, unterließ es aber dann doch. Michis Gerüchteküchenhirn arbeitete vielleicht schon auf Hochtouren und wäre zu weiß Gott was fähig. Zusammengesunken hockte Hürrem neben ihm, das mit einem Mal wieder klein gewordene Mädchen, mit den Verführungen einer Frau ausgestattet.

„Es wäre wirklich besser, wenn du jetzt gehst. – Ich weiß nicht, ob dem Anstand der Welt geholfen ist, wenn er sich Michi als Vorbild nimmt und hier seine Reize zeigt."

Von den neugierigen Augen ihrer Freundinnen, die ihre Köpfe eine Reihe weiter oben zusammensteckten, verfolgt, brauchte Hürrem noch einige schniefende Augenblicke, um sich zu beruhigen. Dann zog sie ein weiteres Mal die Nase hoch, wischte sich mit dem Handrücken unter ihr entlang und stand vor Roggmann. Das Handtuch wieder am Boden. Er konnte nicht anders und schaute genau *da* hin.

„Danke! Sie sind ein wirklich hübscher ..." Das durch die sicher unabsichtlich gemachte Äußerung rot gewordene Gesicht konnte Roggmann auch in diesem abgedunkelten Raum erkennen, und sie verbesserte sich: „... ich meine, netter Mann."

Dann schoss sie durch die Tür, die weit aufschwang und sich Zeit genug beim Zufallen ließ, um alle sehen zu lassen, wie sich ihr nackter Körper zu ihrem roten Bikini bückte, ihn aufnahm und sie, nackt wie sie war, nach rechts zur Treppe lief. Oben würde man also auch noch Freude an ihrem Auftritt haben.

„Und wir sprechen uns noch!" Sein Finger stach in Michaelas Richtung und wieder blieb sie stumm. Roggmann wartete einige Augenblicke und ging dann ohne weiteren Blick für die anderen ebenfalls zur Tür. Diese ging in dem Moment schon wieder auf, als er den Griff in die Hand nahm. Fast warf ihr Schwung ihn um. Sich am Rahmen festhaltend, schaute er den aufgeregt Eiligen an. Es war Ferenc. Mit verdattertem Blick und einem Handtuch um den Unterleib. *Jó estét!,* meinte er noch. Dann wanderte sein Blick zu den Mädchen. Sofort huschte ein Lächeln über sein Gesicht und seine rechte Hand zuckte zum Gruß hoch. Roggmann drehte sich um und sah Birgit und Michaela zurückwinken. Ihre Handtücher hatten sie inzwischen neben sich gelegt. Freie Sicht auf Grönland. Karin hielt sich sichtlich verschämt zurück und zog ihres sogar noch über die Brüste. Er wollte nicht wissen, wie es nun mittlerweile unter Ferenc' Handtuch aussah, das er gerade unter den Augen der Mädchen losmachte.

Michi würde er sich tatsächlich in nächster Zeit vornehmen, was sie inzwischen ablieferte, mochte zwar für Psychologen und die Autoren verschiedenster Ratgeber normal sein, von wegen Selbstfindung, individualisierte Reifung und dergleichen, aber hier im Tal ...? Ihre Pubertät war wie das Geschwätz, das Huber durch seinen Tod provozierte. Haltlos, unlenkbar. Nicht einzuschätzen. Seinen strafenden Blick nahm sie nicht einmal wahr. Denn ihr Blick fiel auf den nun handtuchlosen

Unterleib Ferenc'. Kaum öffnete er eine Handvoll Sekunden später die Tür zu den Duschen, traf ihn der dritte Schlag, sah er doch einen der beiden Typen aus der Sauna nur halb und daher unzulänglich von der Kabinentür verdeckt beim Wichsen. Mannomann, die Mädels hatten vollen Erfolg. Gott sei Dank waren deren Duschen woanders.

„Mach wenigstens die Tür zu, du Idiot!", fauchte er den schmerbäuchigen Typen an, der er es nicht einmal für nötig befand rot zu werden, und pikste ihm einen Finger in den Oberarm, klaubte dann dessen Frotteetuch vom Haken und warf es durch die Tür in den Gang.

„Draußen haste mehr Platz zum Abtrocknen, willst ja unbedingt gesehen werden."

XXIV. Kapitel

Jäger Steiner, den alle nur den Boller nannten, stand über dem toten Tier. Dann griff er behände hinter sich in seinen Rucksack und zog seine Aufbruchklinge heraus. Bückte sich und brach damit die Gams auf. Das stark riechende Gedärm rutschte den eisigen Hang zwischen den Bäumen hinunter.

„Für die Geier!", lachte er auf und ein paar Dohlen flatterten laut krächzend von den umstehenden Bäumen herunter.

„Gämsen schiaßa derfst eigentlich nicht. Paarhufer haben Schutz im Feber", meinte der Zeiner Franz über ihm, verzog ob des Geruchs das Gesicht und schaute den nun streitenden Vögeln hinterher.

„Wen geht's was an?", erwiderte Boller und schnitt eine Quaste Borsten aus dem Rückenfell und reichte sie dem Zeiner hoch. „Hier, für deinen Hut. Dann bist du wer."

„Ich mein ja nur."

„Ich bin Jagr. I darf ålles. I schparr, wenn i will, sogar den Weg då aui."

„Den Weg? Red it! Des isch a Waldweg. Da fåhr i, wenn i will! I bin dr Bauer vo uns zwoa."

„Und i geh auf Jagd, wenn i will!"

„Vielleicht iatz, wo dr Alois it meah då isch."

„Wås soll des hoaßen?"

„Der håt ållen die Grenzen gezeigt. Nur zug'hert håt koaner."

„I fråg di, wås des hoaßen soll?!", zischte der Boller Steiner.

„Im Rat håsch o ålba gegen ihn g'red", antwortete der Zeiner ruhig.

„Iatz auf amål seids ihr ålle stårk, od'r?! – Einschließlich dir."

„Und du haltesch ålba[12] Reden und sågsch nix. Tust hintenherum."

„Auf was spielst du an?"

„Das weißt du doch am besten! Du bist doch derjenige, der macht, was er will. – Oder hast du das mit dem Hirschen schon vergessen. – Zum Beispiel."

„Ah, daher kommt der Wind. – Denkst, geh ich doch mit dem Boller auf Jagd, horch ihn aus und dann erzähl ich ihm mal was."

„Stimmt's etwa nicht?"

„Ihr habt sie ja nicht mehr alle. Nur weil ich ihm damals gesagt hab, wie man im Dorf über ihn denken wird, wenn er glaubt, er müsst's überall rumtratschen."

„Und wie denkst du über ihn? Iatz hast keine Probleme mehr und kannst an seiner Jausen schießen, was willst ..." Zeiner deutete auf den zerwirkten Gamsbock. „... und verkaufen, an wen du willst."

„Erst schaut ihr euch den Ziefler aus, dann geht's auf den Nächsten. Und jetzt bin ich wohl dran?"

„Ich hab' den Ziefler nicht im Verdacht gehabt, sondern ..."

Der Boller rieb die Klinge am Fell entlang und stach sie neben sich in einen Eisklumpen, langsam richtete er sich auf. Wie in einem schlechten Film drehte er seinen Kopf auf den Schultern hin und her und ließ die Wirbel im Nacken knacken. Seine Augen zu Schlitzen verengt fixierte er Zeiner.

„Was sagst du da?"

„Hast mich schon verstanden!"

„I glaub scho. I bin jå it bled. Also, dånn kannst mich iatz o no umbringa und den Geiern schenka. – Nur zu!" Der Zeiner deutete auf die schwarzen Vögel, die um den dampfenden Ausbruch hüpften.

---

[12] immer

„Vielleicht sollt i 's tatsächlich tun. Und da Rest verscharra. Frågt mi oaner, weil er den Schuss g'hert håt, wår's die damische Gams. Åb'r i måch leise! Wart, i hol nur 's Messer."
Schon bückte er sich und zog das Messer aus der eisigen Scheide, Zeiner schaute ihm ohne Aufregung dabei zu.

„Angst hån i koana", entgegnete er gelassen. „Bevur i schterb, schrei i, und das hert man bis ans End vom Tål."

„Du glaubst wirklich, i hab den Alois umbråcht?"

„I alloa bin it entscheidend, åb'r dia im Dorf. Weil ålle såga, dr Boller ist koa Jagr, sondern a Wilderer."

„Und ålle moana, dr Alois håt mi dabei g'secht und unter Druck gesetzt. Wia damals bei dem Hirschen. – Ihr håbt ålle a grenzenlose Fantasie!"

„Komisch nur, dass das mit dem Hirschen stimmt – und mit ein paar anderen Tieren auch."

„Anderen Tieren? Spinnst du jetzt ganz?"

„Warum regst du dich auf? Hast doch ein reines Gewissen."

„So rein wie unser Gebirgsbach."

„Und des hier?" Zeiner zog einen Handschuh aus, machte den Reißverschluss seiner Jacke auf und zupfte aus einer Innentasche ein paar Fotos heraus, die er dem Boller unter die Nase hielt. „Hast wohl nicht genug hier zum schiaße?"
Boller betrachtete ungläubig das erste Bild. Irgendwo in Afrika stand er mit einem Kumpel neben ein paar düster dreinschauenden Schwarzen und einem toten Nashorn.

„So wås derfst nia schiaßa! Und mit Hege hat das nichts zu tun. Auch nicht mit Treibjagd, Hüttenjagd oder Frettieren – und erst recht nicht mit Anstand!"

„Das ist ja wohl meine Sache!" Er riss dem Zeiner Franz die Bilder aus der Hand, zerknüllte sie und stopfte sie in den offenen Rucksack.

„I hab no meah davo", grinste Zeiner, „und i glaub die vom *Tagblatt* würden sich o darüber freuen."

„Des Jåhr überlebst du it!", fauchte Boller und gab Franz einen Stoß.

Der fiel nach hinten auf die Böschung des Weges. Sein Kopf schlug dabei an einen Baumstumpf. Kurz wurde ihm schwindelig. Sah aber, wie der Boller sich schon auf ihn stürzte, und zog sein rechtes Bein hoch, das den Jäger genau an dessen empfindlichster Stelle traf. Boller krümmte sich, stolperte und rollte zur Seite.

„Und scho wied'r a Mordversuch", schnaubte Zeiner. „Schad, dass der Haselberner oder der Bezirksinspektor nicht hier ist. Dia täten iatz wissen, wås los wår."

„Ihr seid ja alle vollkommen durchgedreht", keuchte Boller zurück. „Die Gschicht mit Afrika ist bald zehn Jahre her ..." Er rang nach Luft. „... wir durften damals vier kranke Nashörner erlegen, die von echten Wilderern gejagt und verletzt worden waren, die hatten keine Chance zu überleben." Er stand auf und rieb sich durch die Hose sein schmerzendes Geschlecht. „Ich hab dort Urlaub gemacht und in einer nahen Lodge übernachtet. Da haben sie erfahren, dass ich Jäger bin, und mich gefragt, ob ich helfen würde, weil sie zu wenig Leute waren und die anderen zu weit weg. So oafåch kann das Leben manchmal sein."

Mittlerweile stand er wieder aufrecht vor dem Zeiner Franz, der sich den Hinterkopf rieb. Und ehe dieser so recht mitbekam, was geschah, lag er schon wieder auf dem Rücken, denn der Boller hatte ihm mit der flachen Hand und voller Wucht eine geschmiert.

„Iatz kannst zum *Tagblatt* gehen."

Dann drehte er sich um, ganz in Ruhe, grub plötzlich unaufgeregt in seinem Rucksack herum und holte einen Flachmann heraus.

„Für die Geier!", prostete er Zeiner zu: „Und damit du es weißt, ein kranker Hirsch muss raus aus dem Wald, hat zudem hier nichts verloren und verkauft darf er gar nicht werden! Oder kennst du die Wirtschaft, die ihn mir abgekauft hat? Siehst du! – So wår des deht.[13] – Du Depp!"

---

[13] So war das damals!

XXV. Kapitel

„Habt ihr's also auch schon gehört?!"
Er drängte sich zu ihnen auf die Sitzbank und machte Paul ein Zeichen. Verwundert sahen sie ihm dabei zu. Nein. Sie hatten nichts gehört. Und vor allem nicht *auch* und *schon*. Aber so was mag man ja in gewissen Situationen nicht so ohne Weiteres zugeben. Auch nicht vor ganz bestimmten Leuten. Also tat man so, als sei man auf dem neuesten Stand.

„Klar!"
„Logisch!"
„Wås glaubst du denn? Wår doch abzusehen."
„Sag ich auch. Von wegen Werkstatt erweitern. Nix da. Hat gar nichts damit zu tun. Er hat den Wanner ja nicht zum ersten Mal abblitzen lassen."
„Na, deht amål scho it", mimte Geisler den Wissenden.
„War das einer von euch, der deshalb in der Stadt Bescheid gesagt hat?"
„Des mit dem Wanner?" Geisler lief zur Hochform auf.
„Ja, dass der abhauen wollte und jetzt im Krankenhaus liegt, weil er bei Imst auf der Autobahn einen Unfall gebaut hat!"
„So hab ich's nicht gesagt." Josef verzog das Gesicht und machte eine relativierende Handbewegung. „Nur dass ich es merkwürdig fand, dass er am Tag danach angeblich nach Innsbruck wollte. Der war in den letzten Jahren nicht einmal in Innsbruck und auch nicht weiter weg als Otterbach. – Warum also ausgerechnet einen Tag später?"
Anni Seulner und Egon Turler schauten ihn nun doch etwas verwirrt an, sollte der Geisler etwa mehr wissen, als er in den ganzen letzten Tagen zugegeben hatte?

"Geschieht dem ganz recht. Mit 160 in die Leitplanke", fügte er hinzu.

Nun wurde es der Seulnerin doch zu viel, sie schaute Geisler zweifelnd an und meinte:

„Ich dachte, *ihm* sei einer rein?!"

„Anni, des isch kompliziert g'west", erwiderte er fast unwirsch.

„Kompliziert hin oder her, wenn ihm einer rein ist, ist ja nicht er schuld", beharrte sie. Der Wanner war auch der Letzte, an den sie als Täter dachte. Außer dass sein Haus wie eine neumodische Mutation eines Würfels mit ein paar Fenstern aussah, das hier im Tal wie die Faust aufs Auge passte. Aber solange hier Metallverkleidungen, Riesenverglasungen an Fachwerkhäusern oder mit Schindeln verkleidete Container die Dörfer verschönerten, war dagegen nichts einzuwenden. Was sollte darüber hinaus einer, der Arzt für alle war, auch für einen Grund haben. Sie schaute Geisler fragend an. Sein Verhalten kapierte sie gerade nicht. Als Antwort erhielt sie merkwürdiges Augenklimpern und einen verschwörerischen Blick.

Der andere bekam davon nichts mit und rückte schon mit der nächsten Ungeheuerlichkeit raus:

„Zwei Streifenwagen haben ihn verfolgt und geschnappt. Die hab' ich sogar schon auf dem Foto gesehen, das morgen im *Tagblatt* kommt."

„Wie das?"; fragte Turler.

„Ich hab' den Hermann auf dem Weg zur Redaktion getroffen. Der hat nur gemeint: *Kommt morgen. Ganz schön spannende Sache.* – Ich habe ihn dann gefragt *Warum?* Da hat er nur gemeint: *160 hat der draufgehabt, bevor es knallte, und ist einfach weiter.*"

„Das passt doch nicht. Wie will der weiter, wenn er im Krankenhaus liegt. Somit hat er den anderen gemeint. Also Fahrerflucht."

„Blödsinn! Hast doch grad selber gesagt, dass du es merkwürdig fandst, dass er am Tag danach nach Innsbruck wollte. – Abhauen wollte der."

„Na, iatz hörst auf. Dr Wanner it. Des isch an Blödsinn!"

Anni Seulner tippte sich an die Stirn und drehte sich um. Schon war sie ein paar Meter gegangen. Geisler schaute ihr durcheinander geworden hinterher, dann rief er:

„Anni wart! – Wenn's der nicht war, wer dann?"

Anni stemmte die Hände in die Seite und schaute ihn herablassend, obwohl von unten, an.

„Vielleicht lenkst du ja nur von dir ab?!"

XXVI. Kapitel

„Glaubst du, dass es ein Mord war?", fragte Daniela. Roggmann überlegte nur kurz und schüttelte den Kopf. Dann beugte er sich vor und nahm sein Glas Bier. Daniela tat es ihm gleich. Heute Abend waren sie endlich mal wieder beisammen, wenn auch nicht allein. Aber er saß immerhin neben ihr. Aus Hausarrestkontrollgründen bei ihr auf dem Sofa. Zusammen guckten sie nicht nur ab und zu durch den Flur auf Michaelas Zimmertür, die die ganze Zeit über verschlossen blieb, sondern sich auch die weiß Gott wievielte Folge von *Games of Thrones* an, von denen sie jedoch mindestens die Hälfte bisher verpasst hatten. Der Handlung tat es fast keinen Abbruch. Egal ob es die 8., 11. oder 19. Episode war. Eine Intrige jagte die nächste. Ein Machthungriger mordete den anderen. Ein Mädel machte dem Zweiten, Dritten oder gar Hundertsten das Zelt, das Tor oder sonst was auf und nahm anschließend neben einem nackten, männlichen Körper Platz. Wie in den Nachrichten über das älteste Geschäft, wie in den Zeitschriften über dasselbe Thema, wie im wahren Leben, das ohne das nicht funktionierte.

„Es haben ihn zwar nicht alle besonders gemocht, aber für einen Mord, glaub ich, hat's nicht gelangt."
In diesem Moment huschte die von Roggmann favorisierte Khaleesi, blond, nackt und schön durch das Bild. Und das für mehr als nur zwei Sekunden. Eine Szene, die für gewöhnlich reichte, dass Daniela sich an ihn kuschelte und ihn mit aufkommender Eifersucht fragte – weil er so genau hinschaute –, ob deren Hintern etwa besser als ihrer aussah, der Busen dort schöner oder die Figur verführerischer sei, nur um dann bewiesen zu bekommen, dass es nicht so war. Doch heute konnten sie nicht einmal ansatzweise daran denken. Nicht nur, weil

Michaela jederzeit aus ihrem Zimmer kommen konnte, sondern vor allem, weil es das falsche Sofa war. Ihres war zu schmal, zu hart und nicht ausklappbar. Die wenigen anderen Folgen hatten sie ausnahmslos auf seinem weichen Klappsofa bei ihm zu Hause angeschaut. Eine wunderbare Schmuselandschaft.

„Es werden ja ziemlich viele Geschichten über ihn erzählt."

„Die hat doch jeder von uns."

„Aber jetzt behaupten sie, der Peter soll Rosies und Alois' Sohn sein."

„Wahrscheinlich die einzig wahre Geschichte in dem ganzen Theater und auch die reicht nicht, jemanden umzubringen."

„Du hast das gewusst?" Daniela schaute ihn verwundert an.

„Meinst du etwa, unser Büro ist immun für solche Geschichten?"

„Jetzt wundert mich das komische Gerede nach der Hochzeit auch nicht mehr."

„Mich wundert, dass du davon nichts weißt!"

„Wissen tu ich nichts, ich habe nur gehört."

„Also hat das Gerede es doch bis in eure Praxis geschafft?"

„Schon, aber da war es nur Gerede."

„Ach so!" Roggmann lachte wegen dieser Art Definition leise auf. Frauenlogik würde für ihn undurchschaubar bleiben.

„Michaela hat sogar gemeint ...", fing sie wieder an.

„Michi muss aufpassen." Er hob mahnend einen Finger. „Sie spielt gerade eine etwas vorlaute und neunmalgscheite Rolle mit ihren gerade mal fünfzehn Jahren."

„Nicht nur so eine", seufzte sie.

„Wir waren zwar auch mal so jung, aber ..."

„Keiner weiß das so gut wie ich! Ich war ja keine zwei Jahre älter, als ich mit Achim ..."

„Sie hätte also was zum Nachdenken gehabt."

„Wenigstens ist sie mit dem Georg, dem Sohn vom Klauber, zusammen."

„Macht das einen Unterschied? Schwanger kann man auch vom Sohn des Lehrers werden."

„Aber er ist vielleicht vernünftiger."

Wieder musste Roggmann grinsen.

„Mag sein und er wäre ja ein netter Kerl, aber ich glaube, das ist auch schon wieder Geschichte. – Gestern hab' ich sie mit dem Leitner Dieter busseln sehen und abends hing sie mit Birgit, Karin und Hürrem in der neuen Sauna herum. Männer gucken. – Als ich ging, kam Ferenc herein."

Daniela ließ ihren Kopf nach hinten auf die Rückenlehne sinken und starrte kopfschüttelnd an die Decke.

„Nur noch Jungs und – Sex im Kopf. Heute Morgen hab' ich auch noch so 'n komischen Ratgeber in ihrer Schublade gefunden. Alles ein bisschen früh, oder? Deswegen hab' ich ihr Hausarrest gegeben."

„Wie willst du das 24 Stunden kontrollieren? Überhaupt, sind schon Ferien?"

„Na, erst in zwei Wochen, warum?"

„Weil's mit dem Dieter am späten Vormittag war."

Fassungslos starrte Daniela ihn an und atmete tief ein, um die Luft anschließend wie einen Knall zwischen ihren Lippen herauszulassen.

„Ich sag's ja! Verdammt noch mal! – Mit der ganzen Arbeit in letzter Zeit verlier ich sie langsam, aber sicher aus den Augen.

„Wär' ja nicht untypisch für das Alter. Die Kids spüren das, werden flügge und nutzen die ersten Flugversuche weidlich aus. Aber sie ist gerade besonders drauf. Wenn ich das vorher gewusst hätte ..."

„Prima! Und die Kerle sind auch keine kleinen Kinder mehr und nutzen Michaelas Flugversuche natürlich aus. Ungestört. Denn der Dieter hat mit seinen fast zwanzig schon 'ne eigene Wohnung. Und zur Schule braucht der auch nicht mehr. Der hat seine Matura schon seit letztem Jahr."

„Aber dann ist diese Liebe auch nicht für die Ewigkeit. Der wird sicher studieren – und ist dann weg."

„Aber wie du siehst, hat es gereicht, mich schon mit Zweien hinters Licht zu führen."

„Ferenc könnte der Dritte sein", entgegnete er fast schon resigniert, „und der ist noch mal älter, vierundzwanzig, soweit ich weiß."

„Wie die heißen, ist egal." Sie zeigte auf die Khaleesi, deren Hände gerade auf einem männlichen Hintern zwischen ihren Schenkeln ruhten. „Es reicht für alles, was zu früh ist. Die da ist auch zu jung dafür. Egal wie lecker du sie findest."

„Du nicht?"

„Ich bin kein Kerl."

„Von denen springen ja wohl genug da herum."

„Die sind alle so schmuddelig."

„Gut für mich."

„Lenk nicht ab! Ich muss für Michaela eine Lösung finden."

„Gestern hätte ich ihr eine schmieren sollen."

„Dann bockt sie erst recht."

„Dann komm ich halt öfter zu dir."

„Nicht dafür." Ihr Finger zeigte auf den Bildschirm. Khaleesi schien dem Kerl nicht abgeneigt. „Und nicht, solang sie Hausarrest hat."

„Ich meinte …"

„Dann müsstest du nicht nur *öfter*, sondern *immer* da sein."

Er drehte den Kopf und schaute sie an.

„Meinst du, sie würde das und mich aushalten?"

„Es scheint, *sie* wird gerade von niemandem, außer Jungs, ausgehalten. So wie sie anderswo lästert und stänkert. – Also ist's egal."

„Dann werde ich morgens noch ein wenig früher heraus müssen", meinte Roggmann, noch unentschlossen, ob er darüber erfreut sein sollte. Eine Sekunde später drehte er sich zu ihr um und küsste sie auf eine Wange. Eine Hand von ihm streichelte dabei die andere und rutschte alsdann langsam über ihre Brüste. Er schnalzte mit der Zunge. Khaleesi hätte keine Chance. Was ihn dazu bewog, über eine gewisse Regelmäßigkeit in dieser Hinsicht doch erfreut zu sein.

XXVII. Kapitel

Hürrem konnte es nicht länger für sich behalten, seit drei Tagen wachte sie mitten in der Nacht auf, weil sie in ihren Träumen immer wieder das sah, was sie seit dem nächtlichen Toilettengang vor ein paar Tagen bis zur Schlaflosigkeit beschäftigte. Jetzt war die Gelegenheit dazu gekommen. Jetzt wollte sie darüber berichten. Morgens um halb sechs. Ihre Mutter war schon vor einer Stunde gegangen. Sie wusch jeden Morgen Wäsche in einem Hotel in der Nähe. Hürrem stand vom Frühstück auf und trat am Tisch neben ihren Vater. Den Kopf gesenkt. Ihre Stimme klang klein und dadurch wie die eines Kindes.

„*Baba, ben galiba çok kötü bişey gördüm.*"[14]

Mehmet Sultan ließ die Tasse sinken und sah hoch.

„*Çocuk, ne olursa olsun sen karışma!*"[15]

Seine Stimme bestimmend und fest, sein Blick ernst, sorgenvoll und wie wissend. Als wüsste er tatsächlich längst über alles Bescheid. Seine Tochter war der teuerste Schatz in seinem Leben. *Das* wusste er von der ersten Sekunde an, als er sie unten in der Kreisstadt im Krankenhaus in Armen hielt. Einem solch schönen Geschöpf die Welt zu verweigern, würde ihm nicht mehr lang möglich sein oder zumindest sehr schwerfallen. Doch seine Tochter war nicht nur schön, sondern auch noch fleißig, eifrig und ehrgeizig. Irgendwann konnten er und seine Frau nichts mehr dagegenhalten. Irgendwann würde all das, was sie aus ihrer vollkommen armen anatolischen Heimat an Erfahrungen mitgebracht

---

[14] Papa, ich glaube, ich habe etwas ganz Schlimmes gesehen.
[15] Kind, egal was es war, misch dich nicht ein!

hatten, nicht mehr ausreichen, um ihr einen Weg aufzuzeigen. Irgendwann hätte auch Allah, selbst in diesem relativ abgelegenen Tal, keine Macht mehr.

Hürrem biss sich auf die Unterlippe und schaute auf den Boden. Sie wollte etwas erwidern und schluckte die Frage *Auch, wenn sich ein ganzes Dorf deshalb miteinander verfeindet?* hinunter. Denn der Respekt vor dem Vater gebot ihr zu gehorchen. Etwas anderes hatte sie bisher noch nicht kennengelernt, selbst wenn die anderen Mädchen aus ihrer Klasse sie immer wieder zu den abenteuerlichsten Dingen überredeten, wie die dumme Sache mit der Sauna oder dem von Michaela ausgeliehenen Bikini, in dem sie sich grenzenlos unwohl fühlte. Obwohl sie zunächst schockiert war, war sie gleichzeitig froh, Roggmann dort getroffen zu haben, der es ihr, ohne das Gesicht zu verlieren, ermöglichte, zu gehen und nicht, wie von Birgit und Michaela geplant, Ferenc in die Arme zu laufen. Birgit schien über die schnelle Änderung des geplanten abendlichen Ablaufs auch nicht besonders enttäuscht gewesen zu sein. Am nächsten Tag gab es nämlich nur kleinlaute Antworten, die keinen Zweifel daran ließen, dass Ferenc nicht nur neben, sondern wohl auch *bei* Birgit gelandet war.

So war Hürrem jetzt froh, die gewohnte Demut zeigen zu können, und es rutschte ihr deshalb nicht einmal ein Aber, *fakat,* über die Zunge. Eine lange Sekunde blieb sie stehen, dann nickte sie stumm mit dem Kopf und zog das Tuch noch ein wenig mehr in die Stirn. Wenigstens hatte er noch nichts von diesem unsäglichen Ausflug mit ihren Freundinnen erfahren.

„*Otobüs ne zamen?*"[16], fragte er.

„Um kurz nach sieben. Wie immer, Baba!"

---

[16] Wann fährt der Bus?

„Dann bring ich dich hin und geh anschließend ins Depot."
Wieder nickte Hürrem und ging in ihr Zimmer, um die letzten Sachen in ihre Tasche zu packen und auf ihren Vater zu warten, der dann ein Zeichen geben würde. Es dauerte keine fünf Minuten, dann stand er schon in der Tür ihres Zimmers. Natürlich viel zu früh. Nichts war schlimmer, als zu spät zur Arbeit, zur Schule, zur Pflicht zu kommen.

„*Şimdi gitmemiz gerekiyor,* wir müssen jetzt gehen", sagte er und schaute auf die Uhr.
Sofort stand sie auf, nahm ihre Tasche und folgte ihm zur Tür, die er sorgfältig abschloss. Seiner Gewohnheit folgend umfasste er die Klinke und rüttelte an ihr, bis er sicher war, dass er die Tür wirklich fest verschlossen hatte. Wortlos machten sie sich dann auf den Weg. An der Bushaltestelle würde sie sicher noch zwanzig Minuten warten müssen. Sie waren kaum fünfzig Meter gegangen, als er zu ihr meinte:
„Auch in der Schule sagst du nichts!"
„Ja, Baba."
„In diese Dinge können und dürfen wir uns nicht einmischen."
„Nein, Baba", erwiderte sie wohlerzogen.
„Wir sind und bleiben Fremde hier. Sie würden uns nur strafen, mit Missachtung, bösen Blicken und Worten. Wir wären nicht mehr glücklich hier."
Plötzlich blieb er stehen, wendete sich ihr zu und fasste sie mit festem Griff an den Schultern. Quetschte sie nahezu. Seine gestrickte Mütze mit der breiten Krempe bis zu den Brauen heruntergezogen. Darunter die dunklen Augen. Gütig und streng zugleich.
Vor über dreißig Jahren, als er noch keine dreizehn war, hatten ihn seine Eltern mit den drei Geschwistern aus einem winzigen Dorf in Ostanatolien in die Mitte

Europas gebracht. Die Armut in ihrer Heimat war zu groß, um zu überleben. Die Unruhen im nahen Grenzgebiet zu unberechenbar, genauso wie die Reaktionen des türkischen Staates. Keine Zukunft für ihre Kinder, die irgendwann einmal folgen sollten. So kamen sie wegen des Friedens, wegen der Freiheiten, wegen der Ruhe und natürlich des Geldes, wegen all der Dinge, die es in ihrer Heimat immer weniger gab. Egal wie oft neue Straßen gebaut, Häuser renoviert oder zusätzliche Schulen angeblich geschaffen wurden. Seine Eltern schickten ihn lieber in Schulen, die es gab, in denen er lernen konnte, was gebraucht wurde, wie rechnen, schreiben und lesen. Immer wieder erzählte er Hürrem die Geschichten und wünschte sich doch trotz des Friedens, der Freiheiten und Ruhe so viel Tradition wie möglich in seinem Haus, in dem deshalb nur Türkisch gesprochen wurde. Das war das Geregelte, das, woran man sich festhalten konnte, das, was auch seine Eltern ihm beigebracht hatten. Es war das, was Leben zuließ.

„Wir wären die Schuldigen. Die Täter. – Diejenigen, die das Unglück im Dorf zu verantworten hätten …", sagte er ihr plötzlich und unerwartet in fließendem Deutsch, entgegen seiner sonstigen Gewohnheit.
Erschrocken schaute Hürrem ihren Vater an. Dass er nicht auf Türkisch mit ihr sprach, war der Beweis. Er wusste über alles Bescheid. Er wusste, was sie ihm sagen wollte. Er wusste möglicherweise noch mehr.

„Wir können es uns nicht leisten, von hier wegzumüssen", fügte er mit einem milden Lächeln hinzu, im Bewusstsein, mit seinen Worten ins Schwarze getroffen zu haben, „die Vorwürfe gegen uns würden schneller das neue Haus erreichen als wir. – Deshalb: *Ne olursa olsun sen karışma!*[17]"

---

[17] Was auch immer passiert, mein Kind!

XXVIII. Kapitel

„Alois wird uns fehlen", meinte die Regisseurin.
„Alois war ein Raunzer", behauptete die Seulnerin.
„Ist doch gar nicht wahr!", widersprach Sigrid.
„Alois hat uns immer geholfen", lobte Zeiner.
„... in technischen Dingen auf jeden Fall", ergänzte der Geisler Josef.
„Er wird mir jedenfalls fehlen", flüsterte Rosie und Josef zog die Augenbrauen hoch.
„Nun wieder zum Text", korrigierte die Regisseurin und klatschte in die Hände. „Morgen auf der Beerdigung sollen die kurzen Passagen wirken. Sie waren immerhin fünf Jahre lang sein Part."
Sie stellte Sigrid, den Franz und den Josef neben Rosie, Karin und Michaela, zog den Text der zu spielenden Szene aus dem Umschlag und verteilte ihn. Die Seulnerin hatte im Notfall zu soufflieren.
„Also ... und das Ganze natürlich mit der entsprechenden Emotion, ist ja wohl klar?! – Franz, fang an!"
„Ihr sollt's sehen, dass ein Madel vom Stromminger mehr is als zehn Buam von euch!", rief lachend der Zeiner Franz, in der Rolle vom Alois, den anderen zu.
„Aber Wally, warum hast denn das Junge nit fahren g'lasst, dann wärst ja den Geier losg'west!", riefen Sigrid und Rosie.
„O, das arm Dierl kann ja noch nit fliegen, wenn i's losg'lasst hätt', wär's in den Abgrund g'stürzt und hätt' sich zu Tod g'fälln", antwortete Michaela, die erst zwei Mal die junge Geierwally gespielt hatte und den Text daher nicht besonders emotional vortrug.
„Michi, das kannst du besser. Bitte noch mal!"
„Hast du gewusst, dass der Peter der Sohn vom Alois ist?", flüsterte Michaela stattdessen ihrer Nachbarin, der Karin, ins Ohr.

„Was?", antwortete diese verwundert und etwas zu laut.

„Michi! Text!", rügte die Regisseurin.

„Ja! Peter ist der Sohn von Alois und der Rosie." Sie nickte zu Rosie rüber: „Dem Zeiner Karl seine Frau."

„Michi, bitte!"

„O, das arm Dierl kann ja noch nit fliegen, wenn i's losg'lasst hätt', wär's in den Abgrund g'stürzt und hätt' sich zu Tod g'fålln", wiederholte Michaela, jetzt schon mit mehr Verve in der Stimme.

„Na also! – Weiter! – Josef, jetzt du!"
Josef tat wie aufgetragen. Hatte doch eine der Hauptpersonen seinen Namen und Michaela beugte sich wieder zur Karin rüber. Nur wegen ihr war sie seit etwas mehr als einem Jahr in der Schauspielgruppe, denn sonst bekäme man sich ja, bei den vielen wichtigen Fragen im Leben, gar nicht mehr zu Gesicht.

„Hat mir der Pauler Johann erzählt", fing sie wieder an.

„Der Johann? Der Depperte? – Was hast du mit dem zu schaffen?", wollte Karin wissen.

„Des is einer, dei Joseph", sagten im Hintergrund Franz und Josef derweil texttreu und längst im Stück weitergekommen, „an dem kann sich jeder a Beispiel nehme!"

„Wenn des dei Mann seliger noch erlebt hätt', wia hätt' der sich g'freut", sagten Rosie und Sigrid. Zumindest Sigrids Gesicht leuchtete.

„Nein, ma sollt's nit glauben", rief Karin – und war gar nicht dran.

„Karin!"

„Und woher weiß er's?", schob sie leise nach.

„Er hat den Alois immer mit dem kleinen Peter auf dem Arm gesehen."

„Aber das heißt ja nichts."

„Doch! Denn er hat jedes Mal gesagt: Und du bist mei Bub, Peter, mei Bub. Irgendwann wirst du's sowieso erfahrn. – Sag ich das, wenn's g'logn is?"

„Ma sollt's nit glauben, dass der Prachtkerl sei Sohn is – wann man ihn so anschaut", entfuhr es wieder Karin, nicht ganz der Vorlage entsprechend.

„Ja, 's is a stattlicher Bursch und a braver Sohn, wie's kei'n bess'rn geben kann", lächelte Rosie, nun wieder dicht am Text, ohne bemerkt zu haben, dass Karin gar nicht der richtige Stichwortgeber war, „aber ös könnt's glauben, i komm' scho går aus die Ängsten um den Waghals nit 'raus, 's is kei Tåg, wo i nit denk, heut' bringen s' mir 'n mit zerschlagene Glieder heim! Des is a Kreuz!"[18]

Statt der hohen Geistlichkeit, wie es Wilhelmine von Hillern an dieser Stelle vorgegeben hatte, erschien nun die Regisseurin vor Michaela und Karin und fragte:

„Was ist heute eigentlich mit euch los? Glaubt ihr, das daat[19] dem Alois gefallen, wenn man sein Erbe so behandelt?"

Die zwei Mädels schauten sich an und prusteten los. Die zerschlagenen Glieder waren vorhanden, wenn auch bei Alois und nicht bei seinem Sohn Peter.

---

[18] Die meisten Dialogteile in diesem Kapitel sind dem Originaltext der *Geierwally* entnommen.
[19] täte

XXIX. Kapitel

„Bist eigentlich noch mit Georg zusammen? Du hast gar nix mehr erzählt von deinem großen Abend, als wir in der Sauna waren?!", fragte Karin Michaela eindeutig neugierig nach der Probe. Wie hätten die drei auch darüber sprechen können? Kaum das Roggmann draußen war, saß Ferenc ja neben ihnen. Erst zwischen Birgit und Michaela. Dann, weil Michaela ein schlechtes Gewissen bekam, von dem sie den beiden natürlich nichts erzählte, und nach Hause wollte, zwischen Birgit und Karin. Die fingen prompt an zu kichern, als Ferenc so zwischen ihnen saß und sie anschaute als seien sie das achte und neunte Weltwunder. Birgit hatte sich bald an die Holzwand gelehnt und sich dank Michaelas Schilderungen und vorher erteilten Unterrichtsstunden ihm dadurch recht freizügig dargeboten. Um sie also besser anschauen zu können, tat er ihr es gleich und legte nur Minuten später sein Handtuch über eine bestimmte Stelle, weil so viel nackte Haut in unmittelbarer Nähe zu ihm nicht ohne Wirkung blieb. Sein rechter Arm hatte nämlich nirgendwo anders mehr Platz als halb auf ihrem Oberkörper und ihrem linken Schenkel. Auch Karin ging dann eine Viertelstunde früher zum Duschen, schielte zuvor auf den Stoff über seinem Schoß und erfuhr am nächsten Tag von Birgit alles über die Sitzeinstellungen eines Škoda Fabia.

„Also?", fragte sie nochmals Michaela.

„Ach was! Stangl[20] in dr Hos', åb'r 'n Buchl[21] im Kopf. Der håt hålt koa Rückgrat! – Ich geh seit vorgestern mit Dieter", erwiderte Michaela frech grinsend, „dem Leitner sei Bua."

---

[20] Stange aus 5 Brötchen
[21] Ein einzelnes Brötchen

„Was? So schnell vorbei?"

„Ah was, it so schlimm!", winkte Michaela ab.

„Ihr habt's aber – gemacht?", wollte Karin, plötzlich leise, mit belegter Stimme sprechend, wissen und spürte, wie ihr das Blut ins Gesicht schoss.

„Fast! Mutter kam rein und hat uns erwischt."

„Des isch it wåhr?!"

Karins Kopf leuchtete tomatenrot.

„Doch leider, in voller Fahrt. Und er hat dann dagestanden und nichts gesagt. Ich kam mir total blöd vor. So ein Depp! – G'spritzt hat er noch. – Auf den Teppich."

„Aber …" Karin stellte sich die Szene vor. Quasi in Breitband, wie im Alpenfilmtheater in Füssen, in das sie neulich gegangen waren, um bei *Shades of Grey* etwas fürs Leben zu lernen, und wo sie den jungen Mann hinter der Kasse so lange schwindelig geredet hatten, bis er ihr Alter glaubte – *So oan Scheiß, jetzt hab ich meinen Ausweis auf der Kommode liegen lassen mitsamt dem Portemonnaie! Karin ist genauso alt wie ich. Geh!, zeig ihm deinen. – I hab nur den Führerschein dabei, warte! – Willst meinen Führerschein sehen? Hier! Na, des isch er it. Wart no amål!* Währenddessen schielte der Jüngling, der vielleicht selber gerade das Alter erreicht hatte, den Film zu sehen, auf ihre Beine, die sie lediglich am Po mit einem kurzen Rock und weiter unten nur mit einer dünnen Strumpfhose bedeckt hatten. Schon allein, um diese Optik richtig zu genießen, winkte er sie an der Kasse vorbei und sah ihnen hinterher. Und so sah Karin nun ihre Freundin und den Georg vor sich, in voller Fahrt, wie Birgit und Ferenc in seinem Auto, statt der dunkelhaarigen Dakota Johnson die blonde Michaela und spürte gleichzeitig Neugier und Unwohlsein – und verschluckte sich.

„Ach woaßt, das ist sowieso der Sohn vom Lehrer und da kursieren gerade ein paar Sachen im Ort. Da ist's vielleicht besser so. Und der Dieter hat schon 'ne eigene Wohnung seit zwei Monaten. Da sind wir unter uns. Im wahrsten Sinne des Wortes." Ein maliziöses Lächeln huschte über ihren Mund.

„Und da …" Den Rest traute sich Karin nicht zu sagen.

„… stört uns koana dabei. I daat ihn dir glatt mål leihen. Bei dem kannst du wirklich eppas lerna. Åb'r du wirsch di no dulden miaßa."

„Na, lieber it, a gebrauchter Keks schmeckt ålba schlechter, daat mei Oma sagen. – Und überhaupt, hast du nicht Hausarrest?"

„Vormittag it. Da bin ich ja in der Schule – wenn i it krank bin."

Plötzlich dämmerte es Karin, warum Michaela gestern gefehlt haben könnte.

„Du warst also nicht krank, sondern …"

„… beim Dieter. Genau! Den ganzen Morgen. Schea isch's g'west. Saumäßig schea!"

„Aber …"

„Mei, des muaß Liebe sei. Glei hinter der Tür håt er mi umarmt und auszog'n ond …"

„I woaß it – du und Birgit. Habt ihr keine Angst, schwanger zu werden?"

Dakotas Augen leuchteten in Michaelas Gesicht. Und sie zog als Antwort aus einer Tasche ihrer Jeans eine kleine Plastikhülle heraus. In der Mitte war ein blauer Gummiring zu sehen.

„Zwoa haben wir gebraucht. A dritts gab's nicht. – Aber ab jetzt!"

Karin las den Markennamen. Sollte sie sich diesen merken? Und sah gleichzeitig in Gedanken das Handtuch von Ferenc und wusste Bescheid. Die waren ja dann allein in der Sauna. Wieder rot geworden schaute sie auf. Allmählich wurde ihr das *kloane* Gespräch, wie sie es vorher noch nannte, peinlich, verfügte sie doch über keinerlei Erfahrungen in dieser Hinsicht und gab deshalb bisher mit irgendwelchen zusammengelogenen Affären an. Fischers Werner aus Imst, ein junger, gut aussehender *und* darüber hinaus angeblich unverheirateter Vertreter für irgendwelche Lebensmittel, war die gerade aktuelle Lüge. Der wollte im Sommer sogar mit ihr in Urlaub fahren, ans Meer nach Italien oder so, kurz nach ihrem sechzehnten Geburtstag. Aber bevor sie sich noch tiefer in ihren falschen Behauptungen verstricken würde, lenkte sie vom Thema ab.

„Das mit dem Huber ist ja auch ziemlich krass", meinte sie daher und kramte auf der Suche nach irgendwas in ihrer Handtasche herum, „die ganzen alten Herren reden nicht mehr miteinander. Mein Opa geht sogar nicht mal mehr aus dem Haus."

„Einer von denen muss es aber gewesen sein. Der Jürgen von Mutti erzählte, dem Ziefler hätte Alois vor vielen Jahren eine Wiese verkauft und auf der hat er damals sein Lager für all die Farben gebaut. Hat keinen gestört. Und im Dorf sagen sie, das wär der Grund."

„Aber das macht doch keinen Sinn. Warum sollte der dann jetzt den Alois umbringen?"

„Nun, er *darf* da nicht bauen, das Schwimmparadies *soll* da gebaut werden und der Ziefler *hat* da schon gebaut – und deshalb hat der Alois im Rat gemeint, keiner darf bauen – und der Ziefler muss wieder raus aus der gelben Zone. Weil's so gerechter wär."

„Echt krass! Und der Johann hat dir das mit dem Peter erzählt? Ich kann's kaum glauben."

„Vor ein paar Wochen."

„Aber, wenn er es dir erzählt hat, weiß es doch das ganze Dorf."

„Und jeder im Dorf hält ihn für blöd."

„Vielleicht stimmt's deshalb ja auch nicht."

„Oder es stimmt und alle hoffen, er ist wirklich blöd."

„Du meinst, keiner nimmt es ernst."

„Ja! Weil's nur ein Gerede ist. Geschichten sind halt dazu da, erzählt und nicht verschwiegen zu werden. – Aber schau, das ist der Dieter." Sie zupfte ihr Handy aus der Jeans, tippte auf dem Display herum und hielt es dann Karin vors Gesicht. Das Thema war ihr viel wichtiger.

„Gott, der ist ja nackert ...", fuhr es ihr heraus.

„Ma, aber doch nur obenrum. – *Ich* bin ja nicht blöd! – Und deiner?"

„So was hab' ich nicht", entgegnete Karin, hielt Michaelas Hand fest, bevor sie diese zurückziehen konnte, und starrte das Foto vom Dieter an. Ein echter Kerl. Wow! Sein gut durchtrainierter Körper war ihr bisher noch nie aufgefallen. Wie auch, er hatte ja immer Klamotten an. Aber was wollte so ein Typ wie er auch mit einer wie ihr anfangen wollen, die im Gegensatz zur Michi nur aus Babyspeckfalten bestand und anfing zu stottern, wenn ein Kerl sie ansprach. Sie schielte unter seinen Bauchnabel. Da wo normalerweise der Bund einer Hose war, war nackte Haut und zwei Fingerbreit tiefer leider der Rand des Bildes. Neugierig auf den Rest wäre sie ja schon! Bei Ferenc war wenigstens noch so was wie 'ne Beule oder 'n Stangerl unter dem Handtuch zu sehen gewesen. Und der fantasierte Fischers Werner konnte in dieser Hinsicht kein Anschauungsstück sein. Deshalb war dieser Dieter was anderes als all die doofen, fitzelig kleinen Videos aus dem Internet, die in der Schule auf den Handys die Runde machten. Von den

Typen in denen kannte man doch keinen. Aber den kannte sie, der war echt, der hatte was! Das war so gut wie live. Deshalb kribbelte es. Fast hätte sie gefragt, *Håsch no meah?,* aber sie meinte dann nur:

„Ich hab' mich nicht getraut, als Werner letzte Woche da war."

„So wås brauchsch doch für dei Album! Sonst woaßt jå nie, wen du ålles scho k'håt håsch[22]." Sie zog das Handy wieder weg und steckte es ein. „I muaß iatz hoam, sonst måcht mei Muater Terror, also pfiat di und fråg Birgit. I will ålles wissen! Ålles! Verstehst du?"

---

[22] ...gehabt hast

XXX. Kapitel

Die Sitzordnung in der proppenvollen Kirche war gehörig durcheinandergeraten. Der Zeiner Franz saß nicht wie gewohnt in der fünften Reihe rechts, sondern links in der Mitte. Dort, wo normalerweise Maler Ziefler mit seiner Frau an den Sonntagen seinen Platz hatte. Doch der war tatsächlich seit gestern wie vom Erdboden verschwunden und wohl, wie angekündigt, in den Urlaub gefahren. Das war der angeblich letzte Kenntnisstand. Überhaupt brauchte es einige Zeit, bis die Bänke gefüllt waren, denn jeder schaute, neben wen er sich nun noch setzen konnte. So saß Turler ganz außen, als Puffer zum Nächsten diente seine Frau. Und wie an dem einen Abend hockten, freiwillig oder nicht, Roggmann, Leitner und Klauber beieinander. Vor ihnen, neben der Seulnerin, der Geisler Josef, der sich mit Roggmann im Nacken unwohl fühlte, aber es aushielt, solange er nicht neben dem Gschwendner sitzen musste. Ganz hinten saß Rosie, zwei Reihen hinter Franz, ihrem Mann. Ihr war nach der Aufführung nicht gut und sie wollte gegebenenfalls schnell an die frische Luft gehen können. Beerdigungen waren noch nie ihr Fall gewesen, gab sie vor. Ohnehin hatte sich nach dem Auftritt der Schauspielgruppe in den Reihen alles verschoben. Die Akteure sollten doch Platz nehmen, wenn er seine Totenrede vortrug, meinte Bauerfeind. Eine steife Abordnung, Zinnsoldaten gleich neben ihm, wäre nicht gut für die Atmosphäre am heutigen Tag.

Schon stand er hinter dem Pult neben dem mit nahezu durchweg anonymem Blumenschmuck überhäuften Sarg und betrachtete länger als sonst die unübliche Sitzordnung. Erst nach über einer Minute begann er, allerdings mit den in diesen Fällen üblichen Worten:

„Meine liebe Trauergemeinde."

Prompt blickte gelangweilte Neugier ihm entgegen. Nach einer kurzen Zeitspanne fuhr er fort:

„Wir sind hier zusammengekommen, weil wir von Alois Huber Abschied nehmen müssen. Die einen tun dies in stiller, großer Trauer, andere mit unzähligen Fragen und einige wenige wieder mit für sie beruhigenden Antworten. Wir alle hätten Geschichten über Alois zu erzählen, wir alle haben einige mit ihm zusammen erlebt, längere oder kürzere, unbedeutende oder herzliche oder sogar innige. Doch der Tod hat keine Wahl. Er kommt, am Ende des Lebensweges, häufig genug nicht nur erwartet, sondern auch, wenn er gerufen wird oder das Schicksal es von ihm verlangt. Alois hat sein Ende sicher nicht erwartet und von seinem Schicksal ebenso wenig gewusst. Dass er in dieser Nacht sterben würde, war nicht in seinem Lebensplan. Wann hat man so etwas auch vor? Außer man leidet an einer schmerzvollen, unheilbaren Krankheit, die einem die letzte Kraft und die Ruhe zur Besinnung raubt, oder an Vergangenem, dass uns leiden lässt. Dann kann es tatsächlich sein, dass man den Herrn darum bittet, einen zu erlösen. – Uns bleiben hernach Erinnerungen, Gespräche, Handlungen, einige wenige Bilder und Daten seines Lebens übrig. – Alois schaute in den letzten, zeitlich kaum erfassbaren Augenblicken in einen nächtlichen, von funkelnden Sternen übersäten Himmel. Spendete dieser Anblick so viel Trost, dass wir am nächsten Tag glaubten, er läge entspannt und ohne Schmerz empfunden zu haben in dem kalten und brausenden Wasser? Gibt es den Moment, in dem man weiß, nun wird man durch die letzte Tür gerufen? Sieht man in diesem Moment denjenigen, der dies bestimmt, der darüber verfügt hat? Erkenne ich den Moment, in dem ich die Seele loslassen und dem Herrn übergeben muss? Ertrage ich dann Gottes Entscheidung? – Alois mag in der letzten Sekunde seines Lebens dies alles durch den Kopf geschossen sein. Umkehren konnte er es nicht. So hinterließ die Art des Unglücks einen Schober voller Fragen, die noch viele von uns beantworten wollen. Deshalb ist es nicht verwunderlich, in den Tagen danach nun mehr Antworten als Fragen vernommen zu haben."

Bauerfeind unterbrach und schaute auf. Sah er das erhoffte betretene Schweigen oder ein spöttisches *Wenn du wüsstest!*, von dem er glaubte, dass alle genau das am liebsten jetzt sagen würden. Er war sich unsicher und nestelte an den Blättern. Doch dann zog er ein Blatt unter der ledernen Mappe hervor, von dem er erhofft hatte, es nicht benutzen zu müssen. Aber wusste auch nicht, an was er diese Entscheidung hätte festmachen können. So legte er es zuoberst und fuhr fort.

„Auch ich bin auf der Suche nach Antworten. Auch ich habe meine Geschichte mit ihm. Ich war an diesem Abend dabei. Hörte, was gesprochen wurde. Sah Reaktionen und Stimmungen. Er hat niemanden beschimpft, es gab kein böses Wort. Nun gut, laut war's. Wer will ihn deshalb belangen? Wenn es darum ginge, wenn dies eine Schuld beinhaltet, hätte jeder an der Reihe sein können. Oben auf der Brücke. – Es ist nicht Alois' Leben gewesen zuzuschauen. Es ist nicht sein Leben gewesen hinzunehmen. Immer schon wollte er Gerechtigkeit, wies er auf Entwicklungen hin, die sich, nicht nur in seinen Augen, als falsch herausstellen könnten. Denken wir nur an die Schaffung des Naturparks, der sicher, ohne Wenn und Aber, für die Umwelt ein großer Gewinn ist, aber der erst durch manchen Kompromiss, für den er sich starkmachte, für viele von uns erträglich wurde. Wer will ihn deshalb belangen? Er war einer der Letzten, die unabhängig ihre Arbeit taten. Er war nicht einmal einer Firma verpflichtet, sondern nur seinem Handwerk."

Mindestens ein Dutzend Sekunden verstrichen, ohne dass ein Schnaufer, eine Regung oder gar ein lapidares Husten zu vernehmen gewesen wäre. Vielmehr war jeder damit beschäftigt, die Sauberkeit seiner Fingernägel zu überprüfen, auf dem Blatt für die Messe das nächste Lied zu suchen oder einfach auf ein noch nie gesehenes Detail des Altars zu schauen. Nicht einmal der Sitznachbar erhielt, wie in den Minuten zuvor, einen geflüsterten und so gut wie unhörbaren Kommentar.

Gerade wollte Bauerfeind über vorschnelle und unbedachte Verurteilungen referieren. Über Gerechtigkeit, Fairness und Demut im Leben. Über Johannes 8,3 bis 7, die Stelle in der Bibel, die im Endeffekt davor warnte, mit Steinen zu werfen, es sei denn, man wäre ohne Fehl und Tadel. Was doch keiner im Dorf, im Tal und auf der Welt sei. Gerade wollte er von Hubers Hilfsbereitschaft berichten, die jedem im Dorf bekannt sein musste. Davon, dass er die Werkstatt bisher in jedem Jahr den Faschingsgruppen zur Verfügung gestellt hatte, egal welche Launen man ihm andichtete. Darüber, dass er alljährlich unentgeltlich seinen Generator zur Verfügung stellte, wenn eine Lawine wieder mal ein Stromkabel kappte und irgendwelche Gefriertruhen in Gertruds Laden oder im gegenüberliegenden Hotel ihre Aufgaben vergaßen. Davon, dass Herz und Zunge nicht immer im gleichen Takt sein müssten, um Gutes zu tun. Und über den Spruch, den seine Frau ausgesucht hatte: *Das Leben geliebt, mit dem darin gehadert.*

Als man ein Räuspern und das Scharren von Füßen hörte. Drei Mädchen, ganz vorne in der ersten Reihe richteten sich auf und gingen vor zum Sarg. Bauerfeind und die Gemeinde sahen ihnen verblüfft hinterher. Nichts auf den Zetteln wies darauf hin, dass Karin, Birgit und Michaela nun etwas vorzutragen hätten. Und doch standen sie nun auf der anderen Seite des Sarges und blickten bald jeden Einzelnen von ihnen an. Schließlich bückte sich Birgit und zog unter dem Sarg eine in dem Blumenschmuck versteckte Gitarre hervor. Kurz stimmte sie einen Akkord in G an. Dann folgte die Melodie und die drei begannen zu singen:

> *Das schönste Blümlein auf der Welt,*
> *das ist das Edelweiß.*
> *Es blüht versteckt an steiler Wand*
> *ganz zwischen Schnee und Eis.*
>
> *Das Dirndl zu dem Buam sprach:*
> *„A Sträußl hätt i gern,*
> *geh, hol mir so a Blüaml*
> *mit so oan weißen Stern!"*
>
> *Der Bua, der ging das Blüaml holn*
> *im selben Augenblick.*
> *Der Abend sank, der Morgen graut,*
> *der Bua kehrt it zurück.*
>
> *Verlassen liegt er ganz alloan*
> *an steiler Felsenwand,*
> *das Edelweiß, so blutig rot*
> *hält fest er in der Hand.*
>
> *Und Bauernbuam tragen ihn*
> *wohl in das Tål hinab,*
> *und legten ihm a Sträußl schea*
> *vo Edelweiß aufs Grab.*
>
> *Und wenn des Sonntags in dem Tål*
> *das Abendglöcklein läut',*
> *dann geht das Dirndl an sei Grab,*
> *dort ruht sei oanzge Freud',*

*dann geht das Dirndl an sei Grab,
dort ruht sei oanzge Freud'.*

Bereits vor dem letzten Refrain fiel die schwere Pforte ins Schloss und bis auf die Kinder drehten sich alle um. Rosies Platz war nun leer. Geisler lächelte und sang kaum hörbar: *Und jetzt gang i an Peters Brünnele und da trink i an Wein ... und der Huber stand auf der Bruck'n.*

XXXI. Kapitel

Der im Grunde genommen doch nachdenklich stimmende Tag der Beerdigung blieb ohne Auswirkung. Keiner, der sich besann. Keiner, der den ersten Schritt tat und das Gespräch mit anderen suchte. Keiner, der zur Huberin ging und kondolierte. Im Gegenteil und ganz anders. Die Ruhe im Ort war nach der Lektüre der Tageszeitung auf andere Art und Weise hinüber. Denn in dicken Lettern titulierte das *Tagblatt* auf der ersten Lokalseite als Aufmacher:

HOLZBACH SUCHT EINEN MÖRDER
Auch vier Tage nach dem Tod des beliebten Holzbacher Rats Alois Huber scheint die Polizei noch im Dunkeln zu tappen. – Oder hält sie Ergebnisse zurück?

Für die war also alles klar. Kein Infarkt. Kein Unfall. Kein Selbstmord. Sondern gleich das, was alle in den letzten Tagen glaubten, erwarten zu dürfen. Ein blitzsauberer Mord. Wer den Artikel genau studierte, konnte von Heimtücke und Hinterhältigkeit ausgehen. Und bei der Polizei von Geheimniskrämerei. Roggmann hielt bereits den Telefonhörer in der Hand, um in dieser Redaktion anzurufen, und wartete nur noch darauf, bis er seine Betriebstemperatur für dieses Unterfangen erreicht hatte. Derweil schaute er aus dem Fenster und sah die Huberin von Laterne zu Laterne und anschließend zum hölzernen Wartehäuschen der Bushaltestelle und dann zum Hauseck der Raiffeisen laufen. Ihn beschlich ein Verdacht und er pfefferte den Hörer mit einer entsprechend wütenden Bewegung zurück auf die Gabel. Am anderen Ende hatte man nicht einmal ein Band laufen, geschweige denn abgenommen und ihn verbinden wollen. Kaum dreißig Sekunden später stand er bei ihr. Vielmehr hopste er neben ihr herum, da sein rechter Arm immer noch nach dem richtigen Ärmel der Jacke fahndete.

„Was treibst du da?", fragte er sie mit einem harschen Unterton, weil der Ärmel mit dem suchenden Arm kein Einsehen hatte.

„Ich sammel idiotische Zettel ein!", entgegnete sie daher mit Bestürzung.

„Was?"

Schon riss er ihr ein paar aus der Hand. Die Jacke nur auf der linken Seite angezogen. Auf den Zetteln klebten fein säuberlich ausgeschnittene große Buchstaben verschiedener Zeitschriften. Auf dem ersten stand auf diese Art: HUNTESON. Auf dem zweiten WAHTE ZIEFLER! – WIR KRIKEN EUCH ALLE! auf dem dritten. Pfitzenmayr, der Lackel aus Innsbruck, konnte Hochdeutsch. Roggmann fluchen.

„Himmelarschundzwirn! Was ist das denn für eine Scheiße? So ein granatenmäßiger Schwachsinn! Diese vollidiotischen A...", und so weiter und so fort. Nach einigen Handvoll Sekunden fiel ihm kein weiterer Fluch mehr ein und er streckte eine Hand der Huberin entgegen.

„Gib mir die anderen!", schnaufte er.

Und Anneliese Huber gab ihm die anderen.

Auf diesen – vielleicht in Ermangelung der richtigen Buchstaben – weitere in gewagter Rechtschreibung verfasste Drohungen. Wie zum Beispiel: HUPER WIR RÄCHNEN DICH! AHLOISS DU PIST NICH UMSONS GESTOPPEN! Der Bezirksinspektor war kurz davor, die Zettel in tausend Fetzen zu zerreißen. Da meinte die Huberin, eine Hand auf den bereits zuckenden Unterarm von ihm legend:

„Was hast du vor mit denen?"

Mitten in der Bewegung hielt er inne und schaute die Blätter an, als könnten sie ihm eine Lösung bieten. Plötzlich huschte ein Grinsen über sein Gesicht. Und im gleichen Moment fand seine rechte Hand endlich den abhandengekommenen Ärmel.

„Die klebe ich allesamt nebeneinander an die Glastür des Rathauses und schreib *Ihr Dorftrottel!* oder *Schwachköpfe!* drunter. Man muss sie mit dem Mist, den sie machen, konfrontieren."

Anneliese Huber schniefte und schüttelte den Kopf.

„Das bringt doch nichts! Glaubst du, derjenige kommt dann rein und gibt alles zu? Ich glaub, wir beide wissen, wer jetzt dahintersteckt."

„Die Jugend?"

„Na, niemals!"

„Sondern?"

„Frag den Pauler Johann, der erzählt schon seit einer Weile Dinge, die allesamt wahr sind, aber nicht zusammen in einen Topf dürfen."

„Du meinst das …" Roggmann hüstelte und bevor er den Satz beenden konnte, ergänzte ihn Anneliese:

„… *die!* – Die Geschichte mit Peter."

„Du weißt davon?"

„Seit 23 Jahren."

„Aber …"

„… aber nichts."

„Und warum?"

„Warum?" Es klang verbittert. „Weil ich eine der Beteiligten bin. – Quasi die wichtigste Hauptperson in der unbedeutendsten Nebenrolle."

„?"

„Ich war unglücklich und unzufrieden und deshalb damals ungehörig und für vielerlei empfänglich."

XXXII. Kapitel

Michaela hockte auf seiner Faltmatratze, die er mit dicken Kissen und einer weichen Decke getarnt als einfaches Sofa in sein Wohnzimmer gelegt hatte. Morgens. Wie vorgestern. Die zweite Stunde Englisch war sicher voll im Gange. Vielleicht hockten ihre Klassenkameraden über einem unangekündigten Vokabeltest. Während er sie mit einem breiten Grinsen im Gesicht und frechem Zwicken in ihren Po ins Wohnzimmer geschoben hatte. Noch vor der anpassbaren Madelbefühlungsinsel stehend, wie er das Ding nannte, fing er an. Grapschen. Busseln. Grapschen. Sie ließ es halbherzig geschehen. Nach zwanzig Minuten war sie fast nackt. Logisch! Was wunderte sie sich? Weswegen war sie hier, wenn sie morgens, statt im Unterricht zu sitzen, bereits auf dem Weg zum Bus zu seiner Wohnung abgebogen war? Jetzt lümmelte Dieter neben ihr. Rückte immer näher heran. Auch er aus bestimmten Gründen verständlicherweise fast nackt. Seine Hände und Finger glitten und tatschten übermütig auf ihr herum. Als sie zwischen ihren Schenkeln angekommen waren, zuckte sie zusammen und schaute auf seinen Schoß. Der war nur noch andeutungsweise von einem Slip bedeckt. Sie zog die Augenbrauen hoch und dachte: *Na! Danke! It scho wied'r!* Sagte:

„'s geaht grad it."

Dann rutschte sie auf die Kante vor und fügte hinzu:

„Iatz behaupten dia sogar, mei Opa sei's g'west."

Dieter stutzte, unterbrach das Gefummel und fuhr mit einer Hand in seine Unterhose, um etwas mehr Platz zu schaffen. Zog Michi, ohne darauf einzugehen, an der Schulter nach hinten und beugte sich über sie. So ein Madel hatte er schon lang nicht mehr gehabt. Wenn überhaupt. Die andern zickten immer rum. Im Tal war die Auswahl auch nicht besonders groß. Da gab es höchstens noch die Karin und die Birgit. Und das waren die besten Freundinnen von der Michi, vorerst also unantastbar. Auch wenn er vor nicht mal einem Jahr drei Mädels aus seiner Schule parallel hatte. Zusammen wäre auch nicht schlecht gewesen. Er grinste in sich hinein und nahm sich vor, bevor er ab September studierte, würde er es im Sommer mit Michi in seinem Corolla oben in dem kleinen Stichweg hinter dem Parkplatz beim Kontertal treiben. Wer weiß, was für Emanzen an der Uni herumlaufen würden. Seine Finger umfassten den Bund ihres Schlüpfers und sein Kopf sank auf ihren Bauch. Doch Michi schob ihn weg. *Mal ist ja schön. Aber dauernd?* Ihr war nach reden zumute. Über Opa. Über Jürgen. Über die Gerüchte im Dorf. Mit ihm. Nicht mit den Weibern. Wenigstens ein paar Sätze. Statt des Geknutsches, Geschmatzes und Gegrapsches. Sie war doch erst fünfzehn. Seit genau sechs Wochen. *Du liagsch oafåch då,* hatte Oma gesagt, *und des Kind håsch. Überall. Im Bauch, im Leba, im Weg.* Sie schämte sich und schüttelte seine schon wieder nervende Hand ein weiteres Mal ab.

„Håsch g'hert, wås ma so sågt?"

„Ja, nicht nur von dir und auch nicht nur über deinen Opa", gab er ungeduldig zurück und knutschte sich von ihrem Hals über den Rücken hinunter zum Po. Zerrte immer noch an dem Stoff der Hose und knabberte in die freigelegte Seite. Dann, damit alles schneller ging, zog er seine aus und meinte: „Wenn Roggmann weiß, wer's war, wird's still im Dorf. Dann implodieren über hundert Lügen und nur eine ist Wahrheit geworden. Die dummen Gesichter möchte ich sehen."

Sein Ding wippte wie bei Georg und er umfasste ihre Hüfte und versuchte mit der anderen Hand endlich ihren Schlüpfer auszuziehen. Michi hielt seine Hand fest.

„Mei Opa war's åb'r it!"

„Mein Vater auch nicht. Wer das behauptet, lügt. Und das sind ganz schön viele."

„Karin und Birgit håba v'rzehlt, ihre Väter reda it meah miteinånd."

„Das sind doch Deppen!" Sein Kopf war wieder neben ihrem angekommen. Unvermittelt drückte er sie mit ihm zur Seite. Kräftig. Fest. Eindeutig. So überrumpelt konnte sich Michi nicht abfangen, kippte um, schrie kurz auf, ihr Schlüpfer glitt über den Po, er lachte, sie lag halb auf und neben der Matratze, musste sich mit einem Arm abstützen, um nicht mit dem Kopf gegen die Wand zu knallen, eine Hand hielt mit grober Kraft ihre Schulter fest, ein Knie von ihm drückte spitz in ihren Oberschenkel, sie spürte ihn drängen, ahnte, was er vorhatte, kam sich plötzlich schäbig vor, sie war doch nicht so eine, nur ein Mädchen, fünfzehn, ihr wurde übel und sie fuhr ihn an:

„Wås soll des? Des tuat mir weah! Ko i it oafåch mål mit dir reda?"

Dieter ließ sie los und sich nach hinten fallen. Verärgert warf sie ihm einen Blick zu.

„Des håt weah geto!", rief sie und schaute wieder auf seinen Schoß. Das Ding war riesig. Mit einem Mal ekelte sie sich. „Reda hån i mit dir g'wellt."

Sie sprang auf und griff nach ihren Kleidern.

„Ist ja schon gut!", rief er von unten hoch. Beleidigt. Eingeschnappt. In irgendeinem Stolz getroffen. „Dumme Kuh! Warum kommst du dann überhaupt? Erst dem Georg schöne Augen gemacht und dann sitzen lassen und dann mir den Kopf verdrehen."

„Isch vur zwoa Tåg au schea g'west. 's geaht åb'r it ålba! Ma ko o nur reda miteinånd! – Mei Opa isch koa Mörder. Und des tuat mir weah des Gred. Und wia du's haind mit mir tuåsch, tuat mir o weah."

„Du bist ja echt 'ne blöde Kuh. Kommst, lässt dich abbusseln, ausziehen und dann kneifst du. Zierst dich wie 'ne dumme Gans. *Das* hättest du mir auch vorher sagen können. Quasseln und reden. Über den Mist im Dorf. Ist ja ein ganz fantastischer Zeitvertreib am Morgen. Lass mich doch in Ruhe! Zieh dich an und verschwinde!"

Da stand er schon vor ihr, wie der Georg vor ein paar Tagen mit dem Ding. Aber Dieter funkelte sie böse an. Wedelte mit den Händen und scheuchte sie auf. Bückte sich anschließend, hob die Bluse auf oder ihr Unterhemd oder was es war und warf es ihr mit Wut und Wucht an den Kopf. Ihre Haare flogen. Ihre Tränen flossen und sie zitterte am ganzen Körper. Und er hatte nichts Besseres zu tun, als an seinem Ding herumzufummeln. Jetzt war ihr kalt. *Mutti hat recht, i bin narrisch,* dachte sie und antwortete:

„Des isch it wåhr, od'r?! – Isch des wirklich so leicht für di? So oafåch: Zieh di o und måch dass d' furtkimmsch? Mir zwoa hatta zamag'hera kenna! Åb'r bloß it reda wella! So oafåch? – Du bisch echt an Depp!"

XXXIII. Kapitel

Als sei es in diesem Moment abgesprochen, sah er ihn auf seinem Weg zum Posten entgegenkommen. Den Pauler Johann. Wie immer im Selbstgespräch vertieft, mit buckeligem Kreuz und gesenktem Blick. Über seinen Schultern hing seit Jahr und Tag der löchrige, fadenscheinige Wams, der kaum noch wärmen konnte. Genauso wenig wie die Hose, die nur bis eine Handbreit über die Knöchel reichte und diese wiederum von keinen Socken bedeckt waren. Die Füße steckten stattdessen in einfachen, abgelaufenen Holzschuhen. Vor über dreißig Jahren war er gerade mal zehn Jahre alt mit seinen Eltern aus dem Stanzertal hierhergezogen. Der eigene Hof warf nichts mehr ab und der alternde Onkel konnte seinen, nach dem Tod seines Bruders, nicht mehr allein bewirtschaften. So zogen sie in dessen müffelnden Zweizimmerverschlag über den Schweinestall. Voll mit Unrat und schäbigen Möbeln. Jede Wand von Stockflecken übersät. In einem der Zimmer ein abgeschabtes Waschbecken und ein billiger, zweiflammiger Gasherd, darüber zwei schwarze Bretter mit ebenso schwarzem Geschirr. Das Klo, nicht mehr als eine vergammelte Latrine, unten neben einem der Koben. Alles mehr oder weniger ohne Fenster und an den Decken jeweils eine nackte Birne an ungeerdeten Drähten, den restlichen Strom mussten sie mit einem Verlängerungskabel nach oben befördern.

Keine vierzehn Tage nach dem Einzug kamen Johanns Eltern von einem Einkauf wieder, bei dem sie Eimer voller Farben und andere Dinge für eine einfache, aber notwendige Instandsetzung gekauft hatten, und gingen schwer bepackt die knarzende, hölzerne Stiege hinauf, die längst vorher hätte repariert werden müssen. Beide hatten gerade die oberen Stufen erreicht, als das morsche Gebälk ohne Vorwarnung unter dem ungewohnten Gewicht nachgab und mit ihnen hinabsauste. Die Mutter wurde von einer Eisenstange im Stall aufgespießt und der Vater neben ihr von einem der schweren Farbeimer erschlagen. Johann, der Bub, stand machtlos daneben.

Nur wenige Wochen später begannen die epileptischen Anfälle, die zu Verkrampfungen einzelner Körperteile und seltsamen Bewegungsabläufen führten. Ganz zu schweigen von den gelegentlichen Bewusstseinsstörungen. Sein alternder Onkel war überfordert und dämpfte seinen und Johanns Schmerz mit Schnaps. Seitdem war Johann nur noch der Dalkerte oder Depperte, der gnädigerweise auf dem Hof bleiben durfte. Wer sonst sollte auch die Arbeit machen? Somit tat er sie. Den ganzen Tag. Von morgens fünf bis nachts um elf. Wahrscheinlich ging es den drei Kühen und paar Schweinen nie besser. Ging er ins Dorf, interessierte sich niemand für ihn. Die wenigsten nannten ihn beim Vornamen. Doch jeder konnte Geschichten über ihn erzählen.

Roggmann ging an ihm vorbei und vermied, ihn dabei anzusehen. Eine Handvoll Schritte später blieb er stehen und drehte sich um. Neugierig darauf, was Johann nun vorhatte oder wohin er ging. Doch der war wohl schon einige Augenblicke länger stehen geblieben und musterte Roggmann, sodass es dem wiederum unbehaglich wurde.

„Na, Johann? Wia geaht's dir?"
Johann blickte ihn mit flirrenden Augen an und blieb stumm.

„Warst einkaufen?"
Roggmann zeigte auf den Stoffbeutel in Johanns Hand.
Wieder dieser Blick.

„Also, mach's gut!" Roggmann war froh, allem Anschein nach ohne größeres Gespräch rauszukommen. Worüber sollte er sich mit ihm auch unterhalten? Ihm war nicht bewusst, Johann je mit jemandem reden gesehen zu haben. Gleichzeitig war er sich sicher, dass er nichts mit den Zetteln zu tun hatte, wie Anneliese und auch er vorher glaubten. Gerade als er weitergehen wollte, hörte er hinter sich:

„Ihr glaubt's alle, ich sei bescheuert!? – Bin ich vielleicht auch. – Zucken tu ich. – Krampfen. – Manchmal stotter ich. – Nachts kann ich nicht schlafen. – Und reden tu ich mit mir selber. – Weil's niemand sonst tut. – Auch jetzt nicht. – Nicht mal als Verdächtiger tauge ich. – Aber jetzt hättet ihr es gern."

Er bückte sich und klaubte einen verknitterten Zettel vom Boden. Strich diesen zwischen seinen Handballen unendlich langsam und umständlich glatt und hob ihn dann hoch. Roggmann brauchte nicht hinzusehen. Er wusste, was es für ein Zettel war. WIR KRIKEN EUCH ALLE! Mit krakeliger Schrift. Roggmann spürte, wie er blass wurde. Ein Stich in die Magengrube, einem Faustschlag gleich. Den nächsten Satz kannte er schon und Johann sagte ihn:

„Und daran soll ich jetzt schuld sein. – Aber ich kann hören. – Ich kann lesen. – Ich kenn all eure Namen ..." Plötzlich entglitt ihm die Tasche. Etwas in ihr klirrte. Metallisch. Ein Arm schoss nach vorne und schlenkerte vor seinem Körper hin und her. Der andere reckte sich gen Boden. Kurz schien er zu taumeln. Erst stemmte sich der rechte, dann der linke Fuß dagegen. Schritte, die einem modernen Tanz glichen. Abrupt blieb er in der nächsten Sekunde wie angewurzelt stehen. Sein Atem knallend und stoßweise. Die stieren Augen auf Roggmann gerichtet. Roggmann ging auf ihn zu. Wollte ihn stützen oder halten. Doch Johann kam zu sich und wehrte ihn ab. Jedoch nicht unwirsch, sondern eher eingeübt. Diese Anfälle kannte er, mit denen musste er schon immer selbst zurechtkommen.

„Ihr seid alle gut im Reden. – Ihr seid alle gut im Verteilen von Schuld. – Schon damals gab es mehr Schuldzuweisungen als Hilfe. – Aber das ..." Er hielt Roggmann wieder den Zettel unter die Nase. „... bin ich nicht gewesen. – Und das andere keiner von euch."
Sein Blick nun der eines normalen, zornigen Mannes und nicht eines Dalkerten oder Depperten. Tatsächlich sah Roggmann nicht den Dümmling, den jeder im Dorf meinte zu kennen, wenn von Johann die Rede war, sondern einen Menschen, trotz der Geschichten, auch der von Daniela, die sie immer wieder erzählte. Einen Menschen ohne Freude und Freunde, ohne Fürsorge und Kümmernis, ohne Zuneigung und Liebe. Einen Menschen, der die Zuneigung von Tieren zu schätzen wusste.

„Alois kannst du nicht mehr fragen. Frag Peter! – Das Leben ist für den, der geboren wird, ein Unfall. – Entscheiden konnte der es nicht. – Sorgt dafür, dass Michi keinen Unfall produziert."
Damit drehte er sich um und ließ Roggmann stehen. Dem entglitt die einzige logische Antwort. Laut hervorgestoßen. Laut genug für jeden, der neben ihm gestanden hätte. Nämlich:

„Scheiße!"

XXXIV. Kapitel

„So geht's nicht weiter!"
Der Geisler Josef war außer sich. Dementsprechend ungehalten warf er dem Turler Egon die Zeitung zu.

„Recht håsch!", entgegnete dieser, ohne die Zeitung weiter anzusehen.

„Hast du es also auch schon gelesen?"

„Klar!"

„Dann lies mal das!", befahl Josef und hielt ihm einige Blätter unter die Nase. „Hab ich aus sicherer Quelle erhalten."

Egon überflog die insgesamt fünf Seiten in genauso vielen Sekunden. Las mehrmals den Namen Wegner, also den Namen des wichtigsten Redakteurs des *Tagblatts*, und sah zum Geisler rüber, der ihn kurz nach Einbruch der Dunkelheit angerufen hatte. *Ich glaub, wir zwei sind normal genug geblieben. Lass uns also ein oder zwei Bierchen zusammen trinken. Aber nicht in einer der Beizen hier, sondern bei mir.*

Turler war froh über die Einladung. Daheim gestalteten sich die letzten Abende zunehmend zu einem namentlich bekannten Gesellschaftsspiel, das man in einschlägigen Geschäften hätte teuer bezahlen müssen. Das seine Frau aber nicht nur kostenlos, sondern auch völlig umsonst und daher sinnlos nach eigenen Regeln gestaltete und nun allabendlich mit ihm spielen wollte. Nämlich eine Version des bekannten „Fang den Dieb". Jetzt in der Fassung für Fortgeschrittene: Fang den Mörder. Mit gelben, roten und – weil keine andere Farbe zur Verfügung stand – pinkfarbenen Post-its, auf denen Namen geschrieben und Pfeile gezeichnet waren und die sie auf dem Wohnzimmertisch verteilte und pappte, als handelte es ich dabei um eine Art Puzzle oder Domino oder Anlegespiel. Mit ihnen und einem Haufen

Anmerkungen, die sie auf den Fitzelchen festgehalten hatte, engte sie den Kreis der möglichen Mörder vom Huber Alois ein und war bereits am dritten Tag davon überzeugt, einem größeren Komplott auf die Spur gekommen zu sein, an dem mindestens eine Handvoll von Personen beteiligt war. Gekennzeichnet durch von schwarzen Filzstiften umränderte postkartengroße Pappkartons, die mit Tesa-Film dazwischen klebten. *Die müssten's sein! Ich hab's jetzt weiß Gott wie oft und auf alle erdenklichen Arten herausgefunden.*

Doch verstand Egon weder die Logik seiner Frau noch warum Josef ihm jetzt das mit dem Wegner zeigte. Freilich, der *Tagblatt*-Wegner war ein Aufschneider und Wichtigtuer, der schon immer dachte, in diesem Tal für die Weltpresse tätig zu sein. Zumindest aber für den *Kurier* oder die *Tiroler Tageszeitung*.

„Was hat der damit zu tun?", fragte er daher Geisler.

„Er selbst vermutlich gar nichts, aber er hetzt die Leute durch sein Geschreibsel aufeinander. Und glaubt, sich über jede Moral stellen zu können, mit seinen blödsinnigen Kommentaren, dabei hat der Wegner eine Vita, die genauso gut in die Presse gehört." Er nahm die Blätter wieder an sich, tippte auf ein paar Zeilen und deklamierte geradezu: „Angeblich hat Wegner Journalismus studiert. Aber während seines Studiums an der Akademie der Wissenschaften wollte er wohl eher etwas von jungen Frauen wissen als über die Inhalte seiner Studienfächer. Zwei Mal wurde er bei sogenannten Veranstaltungen dabei erwischt, wie er in angetrunkenem Zustand mit einer nicht ganz selbstverständlichen Grobheit versuchte, kaum zwanzigjährige Studentinnen anzumachen und sexuell nicht nur zu belästigen, sondern zu missbrauchen. In beiden Fällen kam es lediglich zu einer Verwarnung und einem Vergleich mit seinen Opfern. – Und der will uns sagen, wie es hier zugeht?!"

„Was willst du da machen?"

„Ich hab dem Chefredakteur einen Brief geschrieben, dass ich genau diesen Artikel, diese fünf Seiten und meine Sicht über die Dinge hier im Dorf dann tatsächlich dem *Kurier* und der *Tiroler Tageszeitung* zusenden werde, wenn er nicht dafür sorgt, dass der Wegner sein Maul hält."

„Aha?!"

„Magst du das mit unterschreiben?"

„Unterschreiben?"

„Ja doch! Wie eine Petition oder so? So geht's doch nicht weiter!"

„Na, i woaß it? – Was haben wir davon?"

„Ruhe im Dorf! – Und keine Mörder! – Dich haben sie doch auch schon genannt."

„Dich doch auch."

„Nicht namentlich, aber da steht ..." Geisler blätterte in der Zeitung zum Artikel. „... selbst ehrenwerte und verdiente Bürger Holzbachs geraten nun in die Maschinerie der Untersuchungen, egal wie verdient sie sich um den Ort gemacht haben." Geisler schaute auf, streckte einen Finger in die Luft und hob seine Stimme: „Jetzt kommt's: Aber bei manchen Namen und Personen scheint es den untersuchenden Behörden angebracht zu sein, genauer hinzusehen ..."

„Gib her! Ich unterschreib. So ein Depp!"

XXXV. Kapitel

Wie ein kleiner Junge, der anderen einen Streich spielen wollte, hockte er hinter dem Schuppen der Straßenbaumeisterei und wartete mit einem Grinsen im Gesicht auf den geplanten Erfolg. Für diesen war alles vorbereitet und wie dafür erforderlich aufgebaut. Knappe hundertfünfzig Meter entgegen der Fahrtrichtung stand der Blitzer in der leichten Rechtskurve hinter dem Felsen. Auf diesem hatte er eine kleine Kamera montiert, die beim Auslösen der Radarfalle alles fein säuberlich aufnehmen würde. Ab achtzig Stundenkilometer würde er zusätzlich eine Art Hupe in seinem Wagen hören und auf dem Bildschirm seines Laptops das gut ausgeleuchtete Fahrzeug sehen. Wäre es blau, hätte er etwas mehr als zwei Sekunden Zeit, seine Kelle zu schwenken und den Toyota vom Dieter zum Halten zu bringen. Wahrlich genug Zeit. Er musste jetzt nur noch etwas Geduld haben.

Am Morgen hatte er die Kollegen gefragt, ob er für die Klärung eines Verdachtsmoments die mobile Anlage haben dürfte. Sie hatten nur kurz aufgeschaut und nicht einmal wissen wollen, welche Art von Verdacht mit einer Radarfalle aufgeklärt werden konnte, sondern gleich genickt und mit ihren wedelnden Handrücken – husch, husch – zu verstehen gegeben, dass er das Ding ruhig mitnehmen und sie in Ruhe lassen könnte. Nach fünf Minuten war das *Ding* in seinem Kofferraum verschwunden und er sofort losgefahren. War ja gut, dass sie auch nicht als neugierige Zeugen fungieren wollten. Er hatte Größeres vor. Er wollte einem Rat folgen und einen Unfall verhindern.

Drei Stunden konnte der frisch aufgeladene Akku den Computer am Laufen halten. Drei Stunden musste er bestimmt nicht warten. In drei Stunden wollte Dieter seine Finger längst dort haben, wo sie nicht hingehörten. Und das in der Wärme seiner Wohnung und nicht bei dieser Kälte mit reichlich viel körperlichen Verbiegungen in seiner blauen Flunder. Roggmann drehte die Lehne ein wenig nach hinten und verschwand dadurch so gut wie nicht mehr sichtbar hinter dem Armaturenbrett. Sein Blick auf den Laptop auf dem Beifahrersitz geheftet und ab und zu nach draußen zum schwärzer werdenden Himmel, unter dessen Firmament sich ein Schwarm krakeelender Dohlen tummelte. *Die Viecher können einen wirklich nerven,* dachte er noch.

Kaum dass mit der abendlichen Dämmerung der Feierabendverkehr einsetzte, sah er etliche verwunderte Gesichter auf dem Bildschirm neben sich. Nahezu alle konnte er ohne Schwierigkeiten erkennen, denn sie kamen alle aus Holzbach und wollten nach Hause. Der Nessler mit 89, der Gschwendner mit 82, Holders Frau gar mit 96, nur etwas schneller als der Bürgermeister und – ach, schau! – der Klauber mit über 100. Und das, obwohl maximal 70 erlaubt waren. Er klatschte in die Hände, schon der erste Teil des Streiches funktionierte besser als erwartet. Die Ergebnisse sparte er sich für den Fall auf, dass sie bei ihrem Geschwätz mit ihren Fingern wieder auf andere zeigten.

Einige Minuten später glaubte er ihn schon zu hören, bevor er ihn auf dem Display sah. Deshalb stieg er aus und stand neben dem Wagen bereit. Mit Blick durch die Scheibe auf das Eck des Bildschirms, in dem die gemessene Geschwindigkeit erscheinen würde. Fast aufgeregt. Erwartungsvoll. Als handele es sich um die Ziehung von Gewinnzahlen. Er schaute ganz genau hin. Die Kugeln fielen. Fünf Richtige hatte er schon, es fehlte die sechste. – 122. – Volltreffer. Mit der Fernbedienung öffnete er wieder sein Auto. Was nebensächlich war, aber die Scheinwerfer gingen gleichzeitig an und er stand die Kelle schwingend in deren Licht. Gut einen Meter auf der Straße. Dieter brauste kaum langsamer geworden heran. Für einen kurzen Moment schien er zu zögern, doch dann stieg er in die Eisen und kam knapp neben Roggmann zu stehen. Der bückte sich, schaute etwas verwirrt ins Wageninnere und bedeutete ihm rechts ranzufahren und auszusteigen. Dieters albernes Winken vor ein paar Tagen nachahmend sagte er nur:

„122."

Und Dieter wusste, dass er seinen Satz und damit das Wissen, *Normal schåff i mehr auf dem Stück,* herunterschlucken musste. Dafür wusste er Sekunden später und auch noch einige Tage später, wie lange er morgens mit einem Blick in den Spiegel den Abdruck von mindestens vier Fingern noch erkennen würde. Denn Roggmann hatte ihm mit guter Wucht und größter Lust links und rechts eine geschmiert und dabei wiederholt:

„122. – Du bist ja wirklich total bescheuert."

Dann schaute er wieder ins Wageninnere und meinte:

„Sei froh, dass du nicht Michi bist, sonst hättest auch ein paar bekommen. – Aber das holen vielleicht deine Eltern noch nach."

Dieter rieb sich derweil das Gesicht und war sich unschlüssig, ob er sich auf gleiche Weise zur Wehr setzen sollte. Gerade als er Luft holen wollte, weil ihm so was wie *Des isch Körperverletzung g'west,* eingefallen war, sagte Roggmann zu ihm:

„Du weißt, dass sie auch erst fünfzehn ist? Wie Michi? Ja? Und dass du schon bald neunzehn bist? – Ich glaub, wenn ich eine entsprechende Meldung mach, könnt es auch noch was wegen Missbrauchs von Minderjährigen geben."

Natürlich war das so nicht ganz richtig. Aber Dieter hatte keine Ahnung, wie eine entsprechende Meldung aussehen könnte oder sollte oder hätte verfasst sein müssen, und zog es daher lediglich vor, blass zu werden.

„Deinem Vater geb' ich auch mal Bescheid. Seit du deine Wohnung hast, wird er nicht mehr alles mitbekommen, was sein inzwischen so unglaublich erwachsener Sohn so alles treibt. – Schade, den Führerschein darf ich nicht gleich einbehalten, aber die Kollegen werden dir schon sagen, was zu tun ist. Teuer wird es in jedem Fall. Und ein Organstrafverfahren wird's wohl auch geben. Das Auto darfst du noch die paar Hundert Meter nach Hause fahren. Aber da bleibt es die nächsten Tage stehen. Verstanden?"
Wieder beugte er sich ins Wageninnere, stach mit einem Finger in Richtung von der Karin und winkte danach mit ihm vor ihrer Nase herum.

„Am besten du steigst aus und kommst mit mir mit. Mal sehen, ob du nicht auch noch etwas kapieren kannst in deinem Leben."

XXXVI. Kapitel

Jetzt war es passiert. Das Dorf war leer. Seit einigen Stunden schon. Wie ausgestorben. Dabei war es noch nicht einmal Mittag. Keiner ging mehr über, durch, auf die Straße. Selbst aus dem Bus, der pünktlich zu jeder vollen Stunde vor der Kirche hielt, stieg niemand aus und schon gar nicht ein. Allenfalls ein schwingender Vorhang hinter geschlossenen Fenstern in dunklen Zimmern war hin und wieder zu sehen, weil zum Beispiel der in der 8 im Schutz des fehlenden Lichts nicht nur zur Haltestelle, sondern auf die andere Seite sah, ob in der 5 Ruhe herrschte oder sich aus der 3 jemand doch nach draußen wagte, was vollkommener Blödsinn war, da in der 7 schon längst jemand mit einem Telefon in der Hand hinter der Gardine darüber wachte, dass niemand unbemerkt aus der 4 und 6 hinausging, um womöglich bei Gertrud einfach und vor allem unnötigerweise einkaufen zu gehen, da dies bereits erst gestern geschehen war.

Gut, dass heute Mittwoch war und Gertruds Laden gleich, in einigen Minuten, also am Nachmittag schloss, dann konnte man wenigstens die Leute, die Mayrs oder Maiers – wie schrieben sie sich noch? –, auf jeden Fall die im Nachbarort, die mit einem Mal zu Freunden geworden waren, in Ruhe anrufen und denen minutiös Bericht erstatten über all die dringend Tatverdächtigen, wenn nicht sogar über all die Mörder hier im Dorf. Denn von denen gab es mehr als gedacht. Und das schon seit Jahren. Ja, seit dem Krieg. Nur, keiner traute sich aus den Geschichten die Wahrheit zu machen. Das Einzige, was im Moment störte, war dieser immer dichter werdende Schneefall, der womöglich die Sicht erschweren oder gar versperren würde. Und der daher die Kontrolle behinderte. Nicht auszudenken, wenn der

Mörder auf diese Weise ungehindert im Ort herumliefe und sich das nächste Opfer für seine Rache suchte. Besser noch mal zur Haustür gehen und nachsehen, ob auch wirklich abgeschlossen war.

Der Wenger Karl, der sich bisher erfolgreich aus allem herausgehalten hatte, sah noch einmal auf seine Zettel. Er nickte zufrieden. Alles notiert, alle Uhrzeiten, alle Bewegungen, die Menge an Tüten, die Dauer der Gespräche, die Anzahl der Teilnehmer. Woher sie kamen und wohin sie gingen. Und natürlich alle, restlos alle Namen, egal, ob jung oder alt, ob hier aus dem Dorf oder der Nachbarschaft. Sogar die Fremden, die sogenannten Touristen, hatte er mit Symbolen und Umschreibungen versehen, damit er später wusste, um wen es sich handelte. Es waren in den letzten 24 Stunden eine ganze Menge Zettel zusammengekommen.

Doch jetzt war seit drei, vier Stunden diese fast bedrohlich erscheinende Ruhe im Ort eingekehrt. Nur das Ehepaar „Oksana" irrte gerade dick in Jacken verpackt, ja, nahezu vermummt, aber trotzdem oder gerade deswegen ziemlich verwirrt wirkend die Hauptstraße entlang. Deren Sohn hingegen hatte sich noch nicht anstecken lassen, der warf alle paar Meter Schneebälle gegen die Fensterscheiben. So ein ungehobelter Strolch! Man sollte ihn als Ersten übers Knie legen.

Der Wenger machte endlich eine weitere Notiz und überlegte angestrengt, wie er sich ohne Kontrollverlust wohl ein Bier aus der Küche holen könnte. Dann sah er aus dem Fenster scharf nach links, anschließend nach rechts und geradeaus über die Kreuzung in den Jausenweg und befand, dass er genau elf Sekunden Zeit hatte, sich ein, zwei oder besser gleich einen Armvoll Flaschen Bier zu holen. Nach fünf Sekunden war er schon in der Küche angelangt und beschloss, gleich den ganzen, gestern neu gekauften Kasten mitzunehmen. Mit einer Sekunde Verspätung, also nach zwölf Sekunden, der Kasten hat ja doch sein Gewicht und Wenger war mit seinen 74 auch nicht mehr der Jüngste, stand er wieder am Fenster. Schnaufend und etwas mit dem Gleichgewicht kämpfend. Wieder sah er hinaus. Ach, wie schön! Er hatte nichts verpasst. Der frisch gefallene Schnee funktionierte wie eine Überwachungskamera und war unberührt. Gegen später würde er Roggmann anrufen, der musste doch an solchen Beobachtungen interessiert sein. Ohne den Blick nach draußen aufzugeben, bückte er sich, fischte eine Flasche aus dem Kasten und öffnete diese an der steinernen Kante der Fensterbank. Meine Güte, wenn das jetzt noch seine Valentina mitbekommen hätte! Gott hab sie selig. Er sah in den unsichtbaren, gelblich gewordenen Himmel, hob die Flasche und prostete ihr zu. Drei Schlucke später war die Flasche leer.

XXXVII. Kapitel

Roggmann lief um den Traktor herum. Gefühlte Wochen zu spät. Er hätte früher draufkommen können. Dennoch hoffte er, irgendetwas zu finden, was ihm seine innere Stimme heute Nacht in diesem Konglomerat von Träumen, zwischen Ohrfeigen und Anschiss, verraten hatte. Es würde schwerfallen. Jedenfalls für das, was er hoffte, vorzufinden. Denn das grüne Ungetüm war frisch geputzt. Er stand vor ihm und winkte, angesichts des sauberen Blechs und als wenn er nun mit sich selbst konferieren müsste, mit beiden Händen ab. *Die in Innsbruck hätten sich ja auch drum kümmern können*, sagte er etwas frustriert zu sich selber und strich mit einer Hand über die grüne Motorabdeckung. Bullige 300 PS taten darunter ihren Dienst. Für den Winterdienst war jedes einzelne davon notwendig. Erst recht in diesem Jahr. Da war von Hand mit den schwächlichen Schneeschiebern nichts zu machen. Markus hatte die große Schaufel und Fräse abmontiert. So sah das Ungetüm nicht mehr ganz so monströs aus, auch wenn die hinteren Räder fast seine Körpergröße als Durchmesser hatten.

Er schaute nach links in den Hof, sah dort das orange Teil neben dem Schuppen liegen und ging zu ihm hinüber. Die Schürfleiste war nach diesem Winter fällig. Und auch ein neuer Anstrich. Das viele Eis und die zahllosen kleinen Steine waren hart genug, den Lack herunterzukratzen. Langsam ging er um sie herum. Doch konnte er nichts finden. Im Grunde genommen hatte er es auch nicht erwartet. Was auch? Huber hatte ja nicht verstümmelt im Bach gelegen und zuvor seine Haut und Gliedmaßen an dem Ding abgewetzt. Er boxte leicht gegen eine Peilstange und sah hinter der Schar Mehmet Sultan im Salzbunker stehen, der sich die Hände in einem Lappen abputzte und, so wie es aussah, ihn mit ziemlicher Sicherheit schon die ganze Zeit, von einer Bretterwand etwas verdeckt, beobachtete. Kurz hob er die Hand zum Gruß, doch Mehmet drehte sich ohne eine Reaktion weg. Roggmann stutzte und wollte zu ihm hinübergehen. Sonst war der doch auch nicht so und froh um jedes kleine Gespräch. Verwundert bückte er sich und sah sich die unteren Teile der Kanten an. Fuhr mit den Fingern an ihnen entlang. Nichts. Neben sich hörte er knirschende Schritte im Schnee und sah auf. Mehmet stand nun doch neben ihm und wrang die Hände, bevor er mit einer von ihnen durch seine Haare fuhr.

„Ich wollte nur sagen, Herr Alois war immer gut zu mir. Es stimmt nicht, was sie im Dorf über ihn erzählen."

Dann nickte er zwei, drei Mal, als bedürfte seine Aussage noch einer Bestätigung, und ging wieder zurück in den Schuppen. Mission, Mutprobe oder längst fällige Ehrerbietung erfüllt. Der unbekannteste Teil der dörflichen Gemeinschaft hatte Alois Hubers Leben mit einem Satz bewertet und ihm den nötigen Respekt gezollt. Nahezu als Einziger. Schade, dass Bauerfeind dies nicht mitbekommen hatte. Roggmann verzog anerkennend das Gesicht und schaute dem Türken, dem *Türgga*, wie er von allen nur genannt wurde, hinterher. Dabei konnte er genauso gut Deutsch wie sie, sogar manchmal mit dem hiesigen Dialekt. „Danke!", sagte er halblaut und drehte sich um. Keine Handvoll Sekunden später spürte er eine Hand auf seiner Schulter.

„Und ich wollte mich bei Ihnen bedanken. Sie haben meiner Tochter neulich die Ehre erhalten, die sie unter Umständen unbedacht verloren hätte."

Roggmann hüstelte automatisch und doch ertappt und seine Stimme krächzte ein wenig, als er fragte:

„Woher wissen Sie ..."

„Anna war früher hier im Büro, jetzt ist sie in diesem Badezentrum beschäftigt. Sie hat alles mitbekommen und mir am nächsten Tag erzählt. Ich weiß, die Welt kann ich meiner Tochter nicht auf ewig verweigern, das ist kaum möglich oder zumindest sehr schwer. Die anderen Mädchen in diesem Alter sind da schon weiter. Gefährlich weiter, wie ich meine. Aber Hürrem ist nicht nur schön, sondern auch fleißig, eifrig und ehrgeizig. Irgendwann können wir nichts mehr dagegenhalten. Irgendwann reichen die Geschichten und unsere Erfahrungen, die wir aus unserer Heimat mitgebracht haben, nicht mehr aus, um ihr einen Weg, den, den man uns gezeigt hat, ebenso aufzuzeigen. Irgendwann hat auch unser Glaube keine Macht mehr. Aber Sie haben ihre Ehre gerettet. Dafür danke ich Ihnen. Sie glauben nicht, wie wichtig das für mich ist. – Ich habe sie in den letzten Minuten beobachtet und gesehen, dass Sie es ehrlich meinten."

Ein kurzes dankbares Lächeln huschte über Mehmet Sultans Gesicht, bevor er wieder nickte und in das Depot zurückkehrte. Roggmann blieb wie von einem Donner gerührt oder zumindest von einer Vielzahl von kaum beschreibbaren Gefühlen bewegt stehen. Unfähig, etwas zu entgegnen. Unfähig, angemessen zu reagieren. Er würde es später nachholen müssen. Stattdessen schoss ihm das Bild mit der nackten Hürrem durch den Kopf. Und das von einer nackten Michaela, die tatsächlich schon weiter war und trotzdem kein Vorbild. Was aber vielleicht nicht mehr in dem Sinne des Wortes zu *berichtigen,* sondern nur noch zu korrigieren war.

Dann ging er zögernd und in Gedanken zum Traktor zurück. Er hatte in einer seltsamen Situation und vor allem nackt, wie er gewesen war, einem Mädchen die Ehre gerettet. Verblüfft über diese Art von Aussage schüttelte er den Kopf und ging weiter. Vor dem Fendt angekommen, atmete er durch und rief sich Markus' Aussage ins Gedächtnis, *Wir haben sogar noch kurz miteinander gesprochen,* und stellte sich vor, wie wohl die Schaufel an dem Fendt montiert war. Aber egal wie, Markus hätte es mitbekommen müssen. Das rechte Ende war in jedem Fall in seinem Blickfeld. Und er hatte ja mit Huber gesprochen, war also mit der Schar schon an ihm vorbeigerollt und die Fahrerkanzel dadurch zumindest auf gleicher Höhe, als er sich mit ihm unterhielt.

Er ging an dem rechten riesenhaften Hinterreifen vorbei, stellte sich hinter den Schlepper und inspizierte den ausladenden Salzkasten. Vollgefüllt sicher drei, vier Zentner schwer. Vielleicht sogar mehr. Er tat sich schwer, es abzuschätzen. Mit der Schaufel und all dem Zubehör aber sicher mehr als eine dreiviertel Tonne zusätzliches Gewicht. Der Schlepper selbst wog ja schon bald neun. Roggmann verzog bewundernd das Gesicht. 300 PS, sechs Zylinder, fast 9000 Kubik. Technik in dieser Größenordnung verblüffte ihn schon seit Kindheitstagen. Rechts war irgendein Teil lose. Er ging näher heran, streckte seinen Arm und bewegte es leicht mit seinen Händen hin und her. Ungefähr in Hüfthöhe. Über die Bedeutung dieses massiven Stücks Metall war er sich nicht ganz sicher. Möglicherweise eine Versteifung oder weitere Halterung für den Trog oder ein zusätzliches Teil, an dem im Sommer eine Egge oder Ähnliches befestigt werden konnte. Das Ding ließ sich jedenfalls verblüffend leicht hin und her schwenken.

Er schätzte den Schwung ab, der zum Beispiel beim Anfahren oder Bremsen entstehen könnte, und sah dann in der oberen Ecke des Bleches etwas hängen. Roggmann zog seine Handschuhe aus, klaubte den dunklen festsitzenden Fetzen aus einer völlig verbogenen Nut heraus, glättete ihn, so gut es ging, mit seinen Fingern und hielt ihn ins Licht. Es entpuppte sich als schwerer schwarzer Stoff. Leicht gefilzt. Ungefähr drei Zentimeter breit und so lang wie sein Zeigefinger. Er musste es nicht besonders genau untersuchen. Er wusste, woher der Streifen stammte. Alle hatten geglaubt, dieser, abgeschabt am Geländer oder durch das messerscharfe Eis, und ein paar Sachen aus den offenen Taschen der Jacke seien den Bach hinabgeschwommen und nun längst in der Donau gelandet. Dieses Stück Stoff jedenfalls nicht. Dieses Stück war durch die scharfe Kante des Blechs herausgeschnitten worden. Dieses Stück Stoff stammte von Hubers Lodenjacke.

II. Kapitel

Natürlich hatte er zu viel getrunken. Natürlich war er zu laut geworden, wie alle anderen auch. Natürlich war die ganze Streiterei in gewisser Weise sinnlos, das war ihm schon lange klar. Seit Jahren gab es dieses Theater. Legte man einen Antrag vor, wie er so häufig seinen, wurde mehrheitlich von den Gemeinderäten, also den Herren Lehrern, Gastwirten, Kaufleuten und noch mehr Bauern der Kopf geschüttelt. Aber galt es irgendeine Idee für die Touristen umzusetzen, wie die neue Loipenmaschine, die Instandsetzung des Parkplatzes oder der Zufahrt zum Lift, wurde alles, egal was es kostete, durchgewunken. Ob es Sinn machte oder nicht. Wie das Touristeninformationszentrum, aus heiterem Himmel einfach 300.000 teurer geworden und der Architekt dadurch auch noch um 30.000 reicher. Aber schon allein die Kundmachung des Amtes klang ja so, als stünde damit der endgültige Segen für das Tal an, weil dann gleich, schon in der Woche drauf, wie von selbst, sicher eine ungeahnte Anzahl neuer Gäste einträfe und den Gemeinden Steuern und Kurtaxen brächte. Und jetzt dieses verfluchte Schwimmparadies, das in spätestens zwanzig Jahren bestenfalls noch ein Kinderhort sein würde, weil es dann längst zu klein und uninteressant geworden wäre, aber auf jeden Fall in der Landschaft herumstehen und weitere Unsummen von Wartungskosten verschlingen würde. Was hätte man mit dem Geld jetzt alles machen können? Brauchte Holzbachs Kindergarten nicht unbedingt neues Mobiliar und Spielgeräte?

Huber blieb mitten im Schneegestöber auf der Oberen Brücke stehen, schob auf dem Geländer ein wenig Schnee zur Seite und stützte sich auf. Über all das sinnierend schaute er in den Bach unter sich. Der war an den Rändern mächtig zugefroren. Dazwischen schlängelte sich das Wasser nahezu schwarz und glitzernd bergab. Er zog die Nase hoch, ballte einen Ballen Schleim und Rotz in seinem Rachen zusammen und spuckte ihn in das dunkle Nass. Dann hörte er in der ansonsten stillen Nacht den dröhnenden Diesel eines Traktors, drehte sich um und sah Markus mit seinem riesigen Fendt auftauchen. Vorne die breite Schaufel ohne die Fräse. Die zwei Scheinwerfer auf der Kanzel leuchteten alles taghell aus. Mit einer Hand bildete er einen Schirm und blinzelte hinüber. Markus sah ihn, stoppte die schwere Maschine hart neben ihm und öffnete die rechte Tür:

„Ah, Alois! Wia håschs?"

„Griaß di, Markus! Guat!"

„Wo wårsch?"

„Hån wied'r amål in dr Sitzung g'sessen."

„Wår eppas Bsundrigs?"

„Na." Alois winkte noch halb wütend ab. „Es wår wia ålba."

„Sei wied'r Fetza g'floga?"

„Drei Stund lång an Dischgurs. – 's wår sinnlos! – Kessl'o!"

„Wia's hålt ålba so isch!"

„So kannsch såga!"

„Na denn. Pfiat di!"

„Pfiat di o!"

Markus hob die Hand zum Gruß, machte noch eine Handbewegung gen Himmel – *so ein Sauwetter!* –, schloss die Tür, schaute in den linken Spiegel und rutschte etwas von der Kupplung. Der Fendt machte einen Satz nach vorne, sodass ein loses Blech hinten neben dem Salzbehälter auf den orangen Kasten knallte und dies mit so großem Getöse, dass Markus ein weiteres Mal daran dachte, es endlich festzumachen. Gleich darauf federte es mit einer solch großen Wucht wieder nach vorne, dass es den Alois vollkommen unvorbereitet am Hintern traf, ihm dort die Jacke zerriss und ihn – hast du nicht gesehen – über das Geländer der Brücke katapultierte. *Herrgottsakrament, du Depp,* dachte der Huber Alois noch und flog, ohne dass er etwas dagegen hätte machen können, im hohen Bogen in Richtung des rasenden Wassers genau zwischen die eisigen Ränder.

Markus legte den nächsten Gang ein, schaute in den rechten Spiegel und gab Gas. Den Alois sah er nicht mehr, der war wohl weiter seines Weges gegangen. Auch in dem anderen Spiegel war er nicht zu sehen. Er zuckte mit den Schultern und visierte die Kante des Randsteins auf der Brücke an. Nahezu millimetergenau schrammte er den Schnee aus ihr heraus und schob ihn mit der Schaufel zur Seite. Anschließend bog er nach rechts in die Straße am Bach entlang ein. Der Huber Alois bekam derweil von allem nichts mehr mit, auch wenn er in den dunklen Himmel zu starren schien. Ihm hobelten bereits die vom Sturz aufgebrochenen Eisschollen über die Nase.

Danke

an Brigitte, Tamara, Jacky, Evi, Robert, Adrian und Rainer! Und all die anderen im Lechtal, die mir die nötigen Tipps gegeben haben.

Ohne euch wäre aus „Schneegestöber" nichts geworden.

Und Danke an Brigitte Bausch, meine Lektorin für das kreative Zusammenarbeiten und Mitdenken! So macht Schreiben noch viel mehr Spaß.

(Andreas Heßelmann, Tuschezeichnung von Rainer Simon)

1958, Duisburg, Niederrhein. Kaum drei Jahre alt, die ersten Märchenplatten, dann Jim Knopf, die ersten (Kinder)-Krimis von Enid Blyton und später die von Jean-Bernard Pouy. Eine von Anfang an spannende und überaus fesselnde Welt, in der ich versank und die ich als Kind mit eigenen Figuren ergänzte. Meine Fantasie war angeregt. Das gilt auch heute noch. Ich wurde Buchhändler, schreibe seit 30 Jahren, erwecke Personen und Handlungen zum Leben und mache daraus Bücher, die ich gerne selber lese. Das ist in meinen Augen entscheidend: Man sollte die eigenen Bücher mögen.

Rainer Simon
Einer der bekanntesten Zeichner, Cartoonisten und Illustratoren Deutschlands. Er arbeitete für das Handelsblatt, die Stuttgarter Zeitung und den Playboy. Illustrierte Bücher von Michael Ende für den Weitbrecht Verlag und gestaltete Bücher unter anderem von Gerhard Konzelmann, Arturo Pérez-Reverte und Salim Alafenisch. Rainer Simon gewann unzählige Preise und Auszeichnungen. – Er lebt in Böblingen.

Weitere Bücher von Andreas Heßelmann:

Keine Rückkehr, Ein Mallorca-Krimi / Oktober 2016 / 978-3-7407-1523-6 / Verlag Twentysix / 13,- €

Ausgerechnet als er sich auf Mallorca von einem Mordanschlag erholen soll, findet der aus Padua stammende Commissario Berlingui schon nach wenigen Tagen in unmittelbarer Nähe zu einem kleinen Kloster die Leiche einer jungen Frau.
Am liebsten würde er sich aus den Untersuchungen heraushalten, doch Inspector Sanchez Olivero bindet ihn in einen immer komplexer werdenden Fall mehr und mehr ein.
Ein rasanter, harter, mitunter dunkler und leider immer aktuell bleibender Krimi.

„Andreas Heßelmann entspinnt geschickt eine Geschichte auf Mallorca, in der es nicht allein um das Katz-und-Maus-Spiel einer Mördersuche geht."
(Peter Bausch, Feuilleton, Sindelfinger Zeitung)

Keine Zeugen, Der 2. Mallorca-Krimi / Januar 2018 / 978-3-7407-4341-3 / Verlag Twentysix / 14,- €

„Auch in ‚Keine Zeugen' geht es Heßelmann um mehr als die Suche nach dem Mörder. Er schaut hinter die Bühne des Postkarten-Mallorcas. Das schafft er nicht nur durch einen gelungenen Plot, sondern vor allem durch glaubwürdige Figuren. Allen voran der liebenswerte, keineswegs perfekte, aber stets Gerechtigkeit suchende Inspector Sanchez Olivero. Eine Ermittlerfigur, mit der man als Leser gerne seine Abende verbringt, mit der man mitleidet, mitfiebert und mitliebt." (Tim Schweiker, Journalist)

Keine Freunde, Der 3. Mallorca-Krimi / Juli 2020 / 978-3-7407-6812-6 / Verlag Twentysix / 12,- €

Der Fall Más Mallorca schien abgeschlossen, doch dann findet man im Museum für zeitgenössische Kunst Es Baluard in Palma kurz vor der abendlichen Schließung eine Leiche. Wie eingeschlafen wirkend und allein vor einem Bild sitzend. Die Akte Más Mallorca muss wieder geöffnet werden, dabei kommen pikante Details ans Tageslicht. Doch nicht nur dieser Fall mit neuen Verwicklungen belastet Inspector Sanchez Olivero. Auch in seiner Beziehung mit Inés läuft nicht alles wie geplant.

„Eine Ermittlerfigur, mit der man als Leser gerne seine Abende verbringt, mit der man mitleidet, mitfiebert und mitliebt."
(Tim Schweiker, Journalist)

Keine Zukunft, Der 4. Mallorca-Krimi / Okt. 2020 / 978-3-7407-6998-7 / Verlag Twentysix / 12,- €

Ein Zufall führt zur Verhaftung des letzten Verdächtigen aus dem Fall Más Mallorca: in einem Krankenhaus. Er ist an einer gefährlichen Mutation des Noro-Virus erkrankt. Und er ist nicht der Einzige, die Krankheitsfälle häufen sich. Inspector Sanchez Olivero soll der Herkunft des Virus nachgehen und lernt dabei eine attraktive Virologin kennen, die sein Leben, beruflich wie privat, gehörig durcheinanderbringt. Was weiß sie wirklich über diese Mutation? Währenddessen versucht Inés, seine Kollegin und bisherige Freundin, abzuklären, ob ihre neue Liebe funktionieren könnte. Band 4 der erfolgreichen Mallorca-Krimireihe.
Mit viel Lokalkolorit und etwas Herzschmerz.

Keine Angst / Der fünfte Mallorca-Krimi / März 2021 / 978-3-7407-8110-1 / Verlag Twentysix / 12,- €

"Keine Angst" ist die nahtlose Fortsetzung des Vorgängerbands "Keine Zukunft - Der vierte Mallorca-Krimi". Alles scheint durcheinandergeraten zu sein. Das Privatleben von Inspector Sanchez Olivero, sein letzter Fall Más Mallorca und der nur anfänglich einfach erscheinende Fall von Rauüberfällen in Discos. Erst als nach einem Sturm an der nördlichen Steilküste Mallorcas eine Leiche gefunden wird, fügt sich alles langsam zusammen. Am Ende muss Sanchez Olivero erkennen, dass manchmal das Ende eines Falls auch mit dem eigenen Schicksal verknüpft ist. Sein Leben bleibt spannend.

Der Tote unter der Explanada / Ein Alicante-Krimi / Neuaufl. 2018 / 978-3-7407-1125-2 / Twentysix / 11,99 €

Nur noch wenige Tage bis zur Johannisnacht, den Hogueras de San Juan, eines der größten und buntesten Feste in Spanien. Doch ein grausamer Fund unter den Steinen der Flaniermeile Explanada de España in Alicante bedroht die Durchführung des Festes.

Inspector Xarneracomte, manchmal etwas langsam, bisweilen ungelenk und viel zu lang schon allein, stößt bei seinen Ermittlungen zusammen mit seinem besten Freund und Kollegen und mit viel Intuition auf merkwürdige und ungewöhnliche Spuren.

Ein aufwühlender und aktueller Krimi vor dem Hintergrund der Flüchtlingskrise in Spanien.

„Kennen Sie einen Afrikaner, der freiwillig nach Europa kommen würde? Das ist kein Wunschtraum, sondern nur der letzte Ausweg."

Der Tote auf Tabarca / Der 2. Alicante-Krimi / Juni 2018
978-3-7407—5050-3 / Verlag Twentysix / 13,- €

Spanien ist einfach zu nah, als dass die Menschen des afrikanischen Kontinents nicht den riskanten Weg über das Mittelmeer in die vermeintlich bessere Welt wählen würden. Doch sind sie angekommen, sind die Verlockungen in dieser Welt genauso groß. Inspector Xarneracomte und sein Freund Primo müssen im neuen Fall einen weiteren Mord aufklären, der wohl mit dieser Sehnsucht nach Freiheit in Verbindung steht.

Wären die beiden weniger mit ihren Angehimmelten, Mónica und Cristina, beschäftigt, würden sie sich sicher besser auf die Antwort darauf konzentrieren können.

Auch „Der Tote auf Tabarca" spielt vor dem hochaktuellen Hintergrund der Flüchtlingskrise in Spanien.

Schlammschlacht / Ein Padua-Krimi / Oktober 2017
978-3-7407-3027-7 / Verlag Twentysix / 12,50 €

Abano Terme bei Padua. Ausgerechnet in diesem weltbekannten Kurort wird in einem Hotel Monsignore Tossatello mit einem Eimer Fango umgebracht. Commissario Berlingui hat es nicht nur mit einer ungewöhnlichen Methode von Mord zu tun, sondern auch der Ermordete ist als kirchlicher Würdenträger des Vatikans nicht gerade alltäglich. Aber es bleibt nicht bei dieser Leiche, und Berlingui findet sich in einem zunächst unübersichtlichen und viele Jahre zurückreichenden Fall wieder, dessen Ende überrascht.

„Einmal mehr hat Andreas Heßelmann einen Kriminalroman verfasst, der den Leser nicht mehr loslässt. Atmosphärisch dicht, voller historischer und politischer Bezüge und vor allem: spannend bis zum tatsächlich überraschenden Ende." (Tim Schweiker, Sindelfinger Zeitung)

Zementschlacht / Der zweite Padua-Krimi / Aug. 2019
978-3-7407-1495-2 / Verlag Twentysix / 12,- €

Acht tote Schwarzafrikaner.
Mitten auf dem Prato della Valle in Padua.
Zwei Bauunternehmer, die sich seit ihrer Kindheit im Krieg kennen.
Spuren, die unglaublich erscheinen und Commissario Berlingui ein Rätsel sind, bis ihn die Ehefrau eines der Bauunternehmer zu einem Gespräch einlädt.

Berlinguis härtester Fall birgt nicht nur unvermutete Schicksale der Beteiligten, sondern beeinflusst auch sein eigenes Leben.

Ein ungewöhnlicher Krimi mit historischen Bezügen, die bis in die Zeit des faschistischen Italiens zurückreichen.

Der letzte Mörder / Der dritte Padua-Krimi / Jan. 2020
978-3-7407-1495-2 / Verlag Twentysix / 12,- €

Kaum aus seinem Urlaub auf Mallorca zurückgekehrt, wird Commissario Berlingui eine neue Kollegin vorgestellt, Sottotenente Loretta Dugiorni, Absolventin der Accademia Militare di Modena. Eine junge, strebsame und auffallende Persönlichkeit. Sie ist in seinem Fall „Zementschlacht", der ihm fast das Leben gekostet hatte, einigen merkwürdigen Dingen nachgegangen und hat nochmals nachgeforscht. Ihr überraschendes Ergebnis präsentiert sie zusammen mit Ispettore Collasso in ungewöhnlicher Umgebung:

„Der letzte Mörder" – Commissario Berlingui zwischen Erstaunen und Bewunderung.

Kommt davon / Eine ganz andere Geschichte / 2018
978-3-7407-4828-9 / Verlag Twentysix / 10,99 €

„Kommt davon" ist eine (ganz andere) Geschichte rund um die Liebe.
Offen, ehrlich, sensibel, erotisch, pikant und nachdenklich.
Mitunter eine Reise durch vergangene Jahrzehnte und ein „Versuch" der männlichen Hauptperson mit Kinofilmen etwas über die Liebe zu erfahren, damit er endlich seine Angebetete erobern kann.
Und dies verführerisch unbedarft und oft vollkommen überfordert.
Aber auch unschuldig, manchmal naiv ... und vor allem zärtlich und schüchtern.

Losglück / Eine deutsch-türkische Liebesgeschichte / 2020 / 978-3-7407-6240-7 / Verlag Twentysix / 8,- €

„Liebe ist zweifellos der direkteste Zugang zum Leben. Aber wenn man keine zwanzig mehr ist, verlässt einen die Unbändigkeit des Lebens und man springt keine drei Stufen auf einmal hinunter. Dabei war ich mir sicher, nicht zu stürzen."

Ausgerechnet als er in seinem Leben ein wenig aufräumen möchte, lernt er an der türkischen Schwarzmeerküste eine junge Frau kennen, die es wert wäre, diese Stufen hinunterzuspringen.

Eine ungewöhnliche Liebesgeschichte. Erst in der Türkei spielend, dann in Deutschland.